逍遥一　著

Nothing Is Everything

从无到无的旅行

江西人民出版社
Jiangxi People's Publishing House
全国百佳出版社

图书在版编目（CIP）数据

从无到无的旅行 / 逍遥一著 . -- 南昌：江西人民出版社，2019.10
ISBN 978-7-210-11586-1

Ⅰ.①从… Ⅱ.①逍… Ⅲ.①随笔—作品集—中国—
当代 Ⅳ.① I267.1

中国版本图书馆 CIP 数据核字 (2019) 第 200391 号

从无到无的旅行

逍遥一 著

江西人民出版社出版发行
江西华奥印务有限责任公司印刷 新华书店经销
2019 年 10 月第 1 版 2019 年 10 月第 1 次印刷
开本：880 毫米 × 1230 毫米 1/32 印张：5.75
字数：100 千字
ISBN 978-7-210-11586-1 定价：69.00 元
赣版权登字—01—2019—440
版权所有 侵权必究

江西人民出版社 地址：江西省南昌市三经路 47 号附 1 号
邮政编码：330006 编辑部电话：0791-86892125
发行部电话：0791-86898893
网址：www.jxpph.com
E-mail:jxpph@tom.com web@jxpph.com
（赣人版图书凡属印刷、装订错误，请随时向我社调换）

我爱你，正如我深深地爱着自己

愿每一个人
不忘初心，不会迷失
活出自己想要的样子

愿每一个人
内外富足，心灵自由
活出自信、精彩、绽放的人生

目 录 | contents

缘起
身体和心灵的旅行

这些文章原本只是旅途和生活中心灵感悟的记录，有一些是即兴的记录，还有一些是往事的追述。也就是说这些文章起初只是为自己而记录的"和自己内心的对话"。

这是一个美妙的旅途，当自己完全对自己坦诚的时候，世界变得简单，生活也变得充满喜悦。

旅途，其实不仅仅是行程之中的所见所闻，更是一段关于自我觉悟的心灵之旅。

因此"从无到无的旅程"便由此得名：

从一无所有开始：一个人来到陌生的城市，无依无靠，无亲无故，身无分文。内心混乱而迷茫，严重地迷失自己，找不到自己的方向。

到后来，找回自己内在的力量，选择找回自己的天性。经历过各种体验和内心的自我治愈之后，实现了由内而外的富足。

从这一段旅程走来，我深刻地了悟到，我无须通过"占有"任何东西来给自己安全感，也无须通过任何外在的条件来证明我是有多么值得被爱以及被尊重。

因为，即便当我真正地把曾经期盼的那些画面拖入现实，发现也不过都是海市蜃楼。

但这并不意味着"从无"又"到无"的这段旅程是在原地打转或者毫无意义。我通过这些不同层面的生活体验，更清楚地了悟了生活的真谛，从而让我能更好地驾驭和享受"游戏人生"乐趣。

寄语
真实，就是完美

在我向我的小团队宣布我想要把我的日常记录整理成一本书并且准备去出版的时候，我们一致认为这是一个很好的主意。

因为里面的内容都是一篇篇极其普通的小故事，当我在整理文稿的时候，我的脑袋里突然冒出一个质疑：这样的书有人阅读么？能畅销么？

尽管如此，我依然跟随自己的内心继续整理。4月2日，我把样章发给王梓霖阅读，很快，她告诉我：这本书真的太棒了！

我听到这个消息很开心，同时也担心她仅仅是为了安慰我。我告诉她我内心其实对这本书是否能受欢迎这一点并不明了。我觉得我的写作水平有限，并且里面的内容都是普通得不能再普通的小故事，没有波澜壮阔、跌宕起伏的情节。

事实上，虽然这是我写的第三本，而前两本都因为各种原因放弃了出版，但按照之前的习惯来说，我完稿之后会发给超过100人以上试读，在得到了大家的一致好评之后，信心满满地去找出版社。所以我在思考，这本书，出版前，我是不是要做同样的事情。

王梓霖告诉我："真的没必要，已经够好了，你不需要华丽的辞藻，也用不着把内容写得天花乱坠的精彩。这本书写得很真实，很能激发心灵的共鸣，真实，就是完美！"

这更加坚定了我内心的想法。同时也提醒了我写这些内容的初衷：从一开始，我记录的这些文章，本来就是给自己看的，作为一种在旅行途中身体和心灵体验的记录，通过这些点滴记录来让自己坦诚地面对自己的内心。

第一章

　　当我扔掉所有的包袱，旅行就变得轻松愉快，如果我背着沉重的包袱前行，我肯定走不远，就会身心疲惫，从而没有足够的精力去好好地享受旅途的快乐。人生的旅途也是如此。

开 始 一 段 旅 行

在两年前的年初，我开始了我人生中的第一段旅行，那时候的我还是一个穷得交不起450块钱房租、一件衣服穿了1年多的穷光蛋。

反正已经穷得不能再穷了，所以我想利用我手上仅有的两百多块钱，去好好"享受人生"。暂时停止对未来的恐惧和各种混乱的思考，也不再担忧找不到工作和未来怎么办的问题。

我跟随自己的内心：至少此刻，这最后的仅有的两百多块钱，我想为自己而花，为开心而投资。以后的事以后再说。

我并不知道我哪里来的勇气，但我确实这么做了。

花了两天找各种低价游的旅行团，费了各种脑筋来比较和讨价还价。最终我找到了一个"婺源两天一晚跟团游"的低价团。团费280元，经过我的软磨硬泡之后，最后给我的价格是230元，我心满意足地交了钱。

带着满心的期待，终于可以去玩了，在出发之前，我已经兴奋极了。因为在过去的二十多年里，除了童年，我从来没有这么"放纵和任性过"，活了20多年，从小学、中学、大学然后到社会上奋斗，不管我怎么努力地拼搏，从"初生牛犊不怕虎"到"满心的踌躇壮志一步一步被现实所击败"，人生的路却越走越窄，纵使我每天起早摸黑到凌晨几点，晚上睡觉时还把工作挂在心上，可依然活得不像个人样。

既然看不到未来，那就看现在吧。

出团那天，因为要7点在固定地点集合乘坐旅游巴士。我起得很早，天还没亮，那个时候，我口袋里的钱也差不多花光了。我从未起那么早过，但我的内心充满和平和喜悦，黎明对于我来说仿佛就是新生，虽然我不知道接下来会有什么发生，但我的内心依然充满期待

（而不是担忧）。我开始收拾行李，然后迎着日出，打车到集合点。在附近草草地吃了一碗5块钱的面条（运气好）。

旅游巴士带着我们上了高速，导游是一个朴实的中年男子，在他的怂恿之下，我还给大家唱了一首歌来活跃气氛，赢得了大家的热烈的掌声。我们去了许多的景区和三两个购物店。一路上，我得到了前所未有的身心放松的体验：这个世界真的太美好了，真的希望天天都能过上这种生活。

令我出乎意料的是，奇迹跟随着我的好感觉也出现了。在途中，我接待了好几个通过网络找我的客户，和以往不一样的是，我和他们交流的时候，不再像是之前那样严肃的介绍和说服。我只把他们当作是和我有缘分的一次相遇，我感受到了我和他们之间爱的流动，我们侃侃而谈，顺便把我的欢笑和喜悦也带给了他们（我本来就是一个爱笑的人），并且和他们分享了我在旅行中的一些趣事和照片。我并没有任何执念去结交他们，更不会去刻意说服他们付钱，甚至没想成交这件事。

但很令我惊喜的是，这样无为的态度，竟然轻而易举地获得了他们对我的信任。当我结束这趟旅行回到租住的房子的时候，我统计了一下，这两天收入加起来竟然有一千多块钱（将近2000元）。这真的是一个伟大的新生和奇迹。

当我晚上躺在自己的床上平静下来后，我发现正是因为在过去我对一切事情都过于较真，才导致我的生活处处都是困境。我总是牺牲自己的时间，压抑自己的天性去为某个虚无缥缈的目标自我消耗。

很快我开始了第二段、第三段旅行，直到今天……我依然在环游世界的路上。在这条以"一无所有"为起点的旅行中，我越玩越绽放，越玩越接近真实的自己，我去过将近20多个国家和地区。体验过高空跳伞和蹦极，在世界屋脊海拔5000米的青藏高原自驾，在大海里游泳和潜水，在沙漠中看落日，在一望无际的草原中和牛马对话……

在这条从"无"开始的旅途中，我犹如一朵瞬间绽放的花。

当我实现全面的富足之后，再去回看过去的"梦寐以求的目标"，发现那些全都是幻影，内心的富足和爱的饱满，让我对许多以前追逐的东西没有丝毫的占有欲。

当我实现内外全面富足之后，再去回头看过去"梦寐以求"的目标，发现当我能轻松驾驭"这些梦想"后，我不再对此有任何的占有欲。

放下控制

五岳归来不看山，黄山归来不看岳。

在小学课本里就听闻黄山大名，终于有机会来黄山了。抵达后，我在山脚住了两晚，并没有立即登山，一是因为天气不稳定，二是因为想要避开周末，不然太拥挤。

我挑选了自认为很完美的一天去登山，几天前就看准了，登山那天天气晴朗。

但当我早上起床之后，即便到了10点，我也没看到太阳，乘索道上了山的我发现，上山后，雾很大，能见度几乎不超过3米，不论我走到哪，都是白茫茫一片，啥也看不到。

这让我有一种白来一趟的感觉。

听身边游客说，到莲花峰顶可以看到太阳时不时地出现，而且可以看到壮丽的云海。

我沿着挂在峭壁上的险峻的石头路一路攀登，惊险而陡峭的山路让我身疲力竭，大约走了40分钟，我终于抵达莲花峰顶制高点。

和我一样在山顶期待着太阳和云海的大约有20多个游客。冒着寒风，很多人耳朵冻得通红。我待在上面大约30分钟，依然啥也没看到，四周全是白茫茫一片雾。因为气温的原因，我决定带着失望下山。

上山腿酸，下山腿软。下山的石路陡峭得令人吓得发抖，一步步沿着石梯大约花了20分钟，我才到达了玉屏楼。

下山的过程中，我有一些失望，这"天下第一山"比我之前去过的任何一座山还无聊。白白花了时间和门票以及交通、酒店费。

在我内心陷入不和平时，我仿佛听到了另一个声音：去接受当下的处境并且去享受它。

今天的黄山确实不像是图片中描述的那么好看，

甚至完全不是一个画风。如果我带着之前的"内心对黄山的印像和标准"去和当下做比较，自然只会得到失望的结果。但这失去了旅行的意义：旅途总是充满不确定性，我们之所以不一直在家待着，而是选择出门旅行，就是因为想得到不一样的体验。

正如今天的黄山，它确实不是晴天的黄山景色。看不到奇峰怪石和云海，但它是一副精美绝伦的水墨画！所有的一切都在云雾缭绕中变得模糊而不失神采。不管从哪个方向看上去，都是一幅幅美丽的水墨画。

瞬间我的内心恢复了平和，我开始欣赏这一切并且感受到自己是如何的庆幸能拥有这么奇迹而美好的一天。在下山的一路上我非常满足，浑身感到轻松惬意。

到了玉屏楼附近的观景台后，我吃了点东西然后坐在石头上静静地享受。因为体力的原因，我不想在山上玩得太累，所以准备过一会儿后带着今天的满足和收获乘索道下山。

奇迹就在这一刻到来。我感受到突然温暖了不少，抬头一看，出太阳了，那是下午3点钟。瞬间，眼前的一切都完全不一样，如仙境般呈现在我的眼前，我看到了黄山"应有的样子"，奇松怪石婀娜多态，每一处的山峰都有自己的生命和活力。一切就像是从水墨画里变成了活物一般。

令我感触颇深的是，这一次的登山，每一个当下，都是最美好的风景，尽管和预期的可能会不一样，这就像是在喝西瓜汁的时候，抱怨：为什么没有芒果的味道？如果这样的话，那么我连西瓜汁也无法好好地享受，最后只剩下抱怨和失望。事实上我完全可以，接纳并且享受这一杯西瓜汁，当我喝完之后，如果我还想喝芒果汁，我可以再喝一杯芒果汁。哪怕今天芒果真的卖完了，得明天来，也是完美的。

一个人的旅行

从澳门飞菲律宾经过海关的时候，遇到了海关的一些"刁难"，所以我只能看着其他的旅客成群通过海关。

我被拦了下来，被检查和盘问。并不是因为我违反了任何法律或者携带了任何违禁品。我被要求留在旁边的座位上等了将近一小时。

原因是，他们觉得我和其他旅客很不一样，可能他们会觉得我可能不是来旅游的，而是有别的目的。

因为绝大多数人都是情侣或者家庭来旅游，但我是一个人，没有同伴，其次，我没有行李，只是手上带了一件换洗的衣物。当然，后来听我的朋友开玩笑说，主要的原因也许是：你长得不像个好人。

我去过那么多国家，第一次遇到这样的事情。但幸好，经过盘问和检查，最终让我入境了。

出机场后，接机的人已经在机场外，我上车后，司机问我，你是一个人来旅行么？我说是！他继续追问，你为什么一个人来呢？我说我喜欢一个人玩。他说一个人不会感到无聊吗？……

到了酒店之后，办理入住时，前台也反复问我，你一个人吗？我说是。他说，但我这里只有标间，两张床的。我说行。

当服务员引领我去酒店房间的时候，我又被同样的问题问了一遍。

当晚我入住了一个面积很大的酒店，很惬意地开始了在长滩岛的度假。

第二天，我出来打摩的（岛上没有出租车，这是唯一的交通工具）的时候，我又被问了一遍……

我不确定这是巧合还是这里的人很不能接受和理解"一个人的旅行"。

但我能感受到，他们会觉得"一个人旅行"这件事很无聊，很不好玩，很孤独。出来玩，就应该人多热闹才有意思。

有时候我去别的国家或者是在中国的时候，我也经常会被问到这样的问题。

大部分时候，我比较享受一个人的旅行，我还记得，一年前我也会找旅行社报团，因为人多且便宜。而且我总是会要求我的女友陪我一起去旅行，那时的我也和他们一样无法享受和理解一个人旅行的感受。

这一年多以来，我内在的变化极大，从一个内心世界不完整的人，逐渐找到自己，我内心的爱越来越饱满，开始享受和自己相处的时光，享受和自己的心灵沟通的乐趣。在过去，旅行对我而言，意义在于增长见识，探索世界。而现在，旅行对我的意义在于，去到不同的地方，感受自己和万物的连接，去聆听内心的声音，在旅途中，认识自己，爱上自己。

我喜欢把很多的时间拿来和自己相处和沟通，当我越是享受一个人的旅行，我越是能感受到我内在的力量越强大。

　　独处，能让我安静下来，让自己变得简单，而不是混乱。而外在的世界越是简单，我越是能看到生活中一些事件的真相。

第二章

　　当爱，捆绑的条件和限制越多的时候，爱就变成了一种彼此的折磨和伤害，原本，快乐幸福的爱，变得复杂和充满矛盾。

　　不要强迫别人去接受一个连自己都不接受的自己，也不要尝试用说服的方式去让别人爱上一个连自己都不爱的自己。

爸爸，我爱你

小时候，我是一个留守儿童，因为贫困，父母不得不外出打工赚钱养家。在20岁以前和父母相处的记忆中，大部分是"批评，责备和各种没有爱的沟通"，整个高中以及大学的前两年，我和我父母关系很糟糕。

记得在大学二年级寒假过年的时候，我一回家（大年初一刚到家），就和爸爸妈妈发生了剧烈的争吵，没待半天时间，就离家出走。

我总是无法感受到来自家的温暖，我甚至带着怨恨，面对这个"冰冷的没有爱的家"。同时我也能感受到来自父母的对我的"嫌弃和厌恶"：我的一切想法得不到支持和肯定，不管我在外面表现得有多么出色和优秀，我从来没有感受到爸爸妈妈的鼓励和欣赏的眼神。每次想到这一点的时候，我都会难过得号啕大哭。

在我20岁之前，我对家的印象就是，家庭成员相互之间动不动就吵架，大事小事只要一沟通起来就矛盾重重。静下来的时候，我也非常的明白，爸爸妈妈能把我养大，供我读书已经很不容易了。

关系的真正转变发生在那年过年后的学校图书馆，当时看了一篇让我内心剧烈共鸣的文章，这推动我去给我的爸爸打一通电话。

"喂，爸爸，我打这个电话其实也没什么事，我只是想和你说一句：爸爸，我爱你。"

我非常清楚地记得当年通话的场景，打电话之前我紧张得手一直在发抖，当我说到后半句的时候已经忍不住要哭出来了，说完之后，电话两边的两个男人都安静了，我实在忍不住，然后赶紧挂了电话偷偷地哭了一会。

从那以后，我父母对我的态度发生了三百六十度的变化，我也越来越多地去表达爱。大约没过半年的时间，我的爸爸妈妈也几乎不再争吵，家庭关系变得和谐有爱。

　　记得在一次旅行中，我准备带我的父母去厦门玩，安排好行程后，爸爸妈妈来南昌和我会合。我和当时的女朋友去接他们，下车之后我立即拥抱了我的父亲，亲吻了母亲，后来拿着行李带他们来到我住的地方，我很兴奋地把妈妈抱起来扔到床上，像平时抱着女友一样对待我妈妈。

　　我当时的女友就在旁边，看着这些画面，非常的感动，后来她告诉我，她从来没有看过这么有爱的家庭，问我是怎么做到的。

　　我告诉她：这个世界上并不存在真正的坏人，所有的爱和恨都是自己内在的心理投射。当你发现你身边亲近的人对你有评判或者有负面情绪的时候，希望你能明白这个真相，对方并不是要伤害你，他只是在表达"缺爱"而已。所有的负面情绪，包括评判和控制，都是源于缺爱。去接纳和尊重，然后去大胆地表达爱就可以了。

爱，是允许，不是控制

一个女生，遇到了情感困惑，想得到我的一些建议，问我：我的男朋友昨天答应我说一起去打排位赛，但今天中午他突然改变主意了，他说他想一个人去看电影。我觉得非常的生气，怎么办？

我说，你需要我安慰你的情绪是么？

她说：不是，我希望他陪我，希望他更加地在乎我和关心我和爱我。

我说：亲爱的，我并没有觉得他不爱你，不关心你，他天天都陪在你身边，偶尔想要自己看个电影很正常。

她说：可是他都不考虑我的感受，昨天说好的事情，又变卦，我很不开心。我觉得他不重视我。

我说：你觉得他没有满足你的内心的要求，没有照顾好你的情绪，所以觉得他不爱你是吗？

她说：是的。

我说：那，我想冒昧地问一句，你爱他么？

她说：当然啊，不爱他的话，为什么会为他而生气呢？我当然在乎他啊。

我说：既然你爱他，为什么他要去看电影的时候，不让他去看呢？而非要控制他让他做他不想做的事情呢，宝贝，你爱他的话，你更加应该满足他内心的要求，顺便也照顾好他的情绪，并且允许他去做他想做的事情对不对？

她说：你这样说好像也有道理？你的意思是说我太自私了么？

我说：你很好，是因为太缺爱了，当你不爱自己的时候，你就会不停地向外索取爱。然而你会把索取爱的依赖行为，理解为对他人的爱，实际上你表现出来的是控制。当你不会爱自己的时候，你也很不会爱别人。

她说：可是我就想让他对我更好，更关心，围着我转，宠着我，并且给我买礼物，为我花钱。

　　我说：这没有问题，但并不是通过你的主动索取来达到，当他真心爱你的时候，自动就会想对你好，并且想要给你买礼物。这里的重点是，你自己的值得感。

　　我继续：也就是说，如果你觉得你不值得被爱，那么，你就会缺乏安全感和自信，担心他不爱你，最后就会演变成现实。相反当你觉得你值得被爱，那么通常你会轻而易举地得到你想要的爱。希望你明白，让别人主动心甘情愿地对你好，是通过"觉得你很好，和你在一起很开心，很幸福，很完美，所以好好对你，珍惜这份感情"，而不是"觉得你很'难搞'，一天要哄三次，并且天天闹情绪，面对你压力比山还大"。

　　最后我告诉她：当你不爱自己的时候，你给出去的爱，全部都是控制和索取。相反当你下定决心爱自己的时候，你便不再缺爱了，你也不会要求别人要如何对你好和如何爱你。因为你不缺爱！这样的你通常总是能轻而易举地得到别人对你的爱。总结一句也就是：你身边的人会按照你对待你自己的方式来对待你。你是一切的开始，也是一切的终结。

用爱来浇灭愤怒

"不要拦着我，这种人就是欠揍，王八蛋！"

办公室外一个胖姑娘和一个男生突然吵起来：女生冲上去对男生拳打脚踢，看起来"火力"很猛，怒气十足。

这时，我正和我女友电话聊自媒体专栏写作的事，在工作上的分歧闹得我很不愉快。因为听到外面剧烈的争吵声音，我立马挂掉了电话。

火速冲出去，一把抱住胖女孩，当时她一只脚已经踢出去，还好我及时制止。抱住她的瞬间，可以感受到她的怒火简直可以把房子烧起来。

我告诉胖女孩，我爱你。一边抚摸着她后脑。

她立马镇静了下来，有如一个口渴的发疯的人喝下一杯清凉的水一般。

因为他男朋友也在旁边，显然他们也知道我女朋友，为了避免造成误会，我补充了一句：我和你男朋友都爱你。

引来大家一阵笑声之后整个尴尬的氛围立马变得和谐。

我也因此而感到格外的开心。我回办公室给我女友回电话，分享了我的喜悦。而后我们后面的谈话也变得格外的融洽。

她变得特别地理解我，我们之前的分歧瞬间就不存在了。

第三章

　　我相信，每一件事的发生都是一份礼物来到我这里，不管过去习惯把它定义为"好事""坏事"或者"喜剧""悲剧"，这仅仅是一种生命体验，帮助我更好地理解生命的意义。

宽　恕

　　偶然的机会，我回了一趟南昌——一座我待了近两年的城市，一座代表了我过去的城市。

　　刚来南昌是因为辍学，在这里度过了最穷的时光，感受过被房东赶出出租屋，以及不知道下一顿饭在哪里的迷茫。长期的穷困潦倒，让我在这座城市没有几个朋友能看得起我。

　　记得上一次回南昌，那是我取得事业的小成功后第一次回来，总共也就没待几天，吃饭的邀请排满了每一天。我有一种享受胜利被人尊重和重新找回尊严的感觉。

　　事实上，从小到大，请我吃饭的人并不多，或者几乎没有。尤其是在大学的时候，我总是看到别的同学能有聚餐的机会，而我总是一个人，从此，我很渴望能有人也请我吃大餐。进入社会之后，能有稳定的饭可以吃就很不错了，还轮不到为"奢望别人请我吃大餐"而花心思。

这次回来，有一个两年之前认识的女孩，来找我，她说我现在过的生活就是她之前梦想的那样，不过后来发现她之前的梦想只是童话，她说当她看到我如此绽放的时候，让她不敢相信两年前的我和现在的我变化这么大。

这是我们时隔两年后的见面，我们到了我的酒店，一起喝茶聊天，然后共进晚餐。她问了我很多问题，也回忆了过去的一些事情。整体还算是愉快。

之前，我们也并不算是好朋友，顶多算认识。两年前我们在一个办公室，算是相处了一个月左右的时间。当时我没地方去，借用了他们办公室的一个工位，也没地方睡觉，晚上会睡办公室。她除了找我帮过两次忙以外，我们没有深入交流什么。当然可能那时候我还不够资格吧。

这次见面，吃饭后，她开车把我送回酒店，并且表示想要看电影，我因为有事友好地拒绝了，之后她就回家了。

　　这是一个非常熟悉的场景——因为之前在做梦都想的事情：有朝一日我要赢回自己的尊重。过去很长的一段时间我都带着"受害者模式"，觉得这座城市遇到的这些人带给我的不友好的回忆，是对我的不尊重和排斥。幻想着有一天，飞黄腾达，之后狠狠地鄙视他们，碾压他们，狠狠地瞧不起他们，用他们之前对我的方式和眼光来对付他们，想着能这样报复他们之前对我的态度。

　　这个场景，真的很熟悉，因为之前无数次发生在我的脑海里和梦里。

　　但是，不同的是，我内心早已经放下了对他们的"仇恨和敌视"。我知道他们其实也很善良，并没有故意不尊重我，当我今天去面对他们的时候，我更能深刻感受到，他们生活得很迷茫，每天都在琢磨着如何赚更多的钱以及处理好焦头烂额的情感关系，这些已经足够占据他们所有的精力，因此她们有"无暇顾及一个穷得像个乞丐一样的人"的感受也是人之常情。

　　我已经不太记得，我什么时候放下对这些人的不满和敌视了。但我知道，从我释放掉对过去的恨和不满以后，我的人生便开始走上坡路。我记得有一天，我经过和我的女友的一番交流之后，我深刻地感受到，其实每一个人来到我的生命之中都是来给我做贡献以及带给我成长的，而后我很快自我治愈了过去的伤痛经历，发自内心的感恩。从那开始，我的生活开始有了转机。

不管是出于任何理由的吃饭邀请，我总是尽量地答应。我已经不是过去的自己，我也相信他们也不是过去的他们。通过这些经历让我更深刻地感受到了宽恕的力量，让我更深刻地知道，他们都是我生命中的贵人。

试　驾

　　因为一个金融平台的会员活动，我获得了一次特斯拉试驾的资格。我觉得这是一个不错的体验，于是我立即打电话预约了试驾。但那时候被告知，我当时所在的城市，没有网点，因此只能等我方便的时候再安排。

　　后来，我差不多忘记了这件事，两个月后，我来到了上海，在一个广告牌上看到了特斯拉的广告，提醒了我可以去体验他们豪华的新车。我立即又重新预约了几天后的一个下午。

　　到了这天下午，我和朋友从我的酒店打车大约30公里到汽车店。我们准时到店后，被要求等待40分钟，而后，一个男人带领我们去车库，上车之后，他把车开出把我们带到了公路上，并且展示了汽车的各方面优势。我坐在副驾驶，经过他的介绍和体验，我觉得这确实是一辆很不错的车，加速的时候，有一种飞机起飞的感觉。

我很想试开一段，因此他把车停路边，我们下车交换了座位。我调好座椅系好安全带，准备加速。

他立即叫我停下来，问我，为什么你的左脚会踩在刹车上？

我说：我没有踩，我只是放在这个位置，我习惯双脚控制刹车和油门，你放心，我什么路都开过，并且我习惯自动挡的汽车。

他立即告诉我，你这样的驾驶习惯是不对的，这样的驾驶行为也是违法的，鉴于你正确驾驶自动挡汽车的习惯还不够熟练，所以拒绝你试驾。

我很惊讶，虽然我的驾龄不长，但我开过很多人都不敢开的山路，甚至在国外我也开过右舵的车。我真的不是一个新手司机，我向他这样辩解道。

他叫我先下车，然后和我说明，自动挡的车，只能用一只脚来控制油门和刹车，不能用两只脚。

　　我说，那你可以直接提醒我，用一只脚也行，我有合法的机动车驾驶证，只不过，当时学车的时候，用的是手动挡的车，考驾照的时候也是手动挡。已经长期习惯了两只脚来控制，但我驾驶经验丰富，并且几乎从没有出过事故。

　　他继续解释并且又拒绝了我的试驾请求。我抱怨道，我们应邀来你们店，来回时间就要花将近2小时，到你们店后又让我等了40分钟，结果，我还没开车的时候就让我下来，坐在驾驶位上的时间都不超过30秒。我有合法的驾驶证，我也签署了试驾责任书，为什么不能让我试驾？你们对待每一个客户都是用这种敷衍和欺骗的方式么？

　　他很客气地跟我解释并且礼貌地向我道歉。我说两句之后，觉得他也不会继续同意试驾，因此，消停了下来，很快，他把我们送到路边方便停靠的地方。我下车了。

　　我的朋友问我：为什么我没有发火，依照你以前的脾气，应该会骂人才对，我都想骂人了，浪费了一下午的时间。

　　我告诉她，一开始，我也有些不舒服，包括现在我也有些不愉快，但还没到失控的程度。

而后，我们分开来，在附近的商圈待了半小时。我在手机上处理工作相关的问题，一会儿后我便把"试驾"这件事抛之脑后。当我忙完的时候，感觉没有那么糟糕，相反，我觉得应感谢这次经历，让我学会了正确的自动挡汽车的驾驶姿势。在过去的一年中，我几乎每去一座城市都会租一辆汽车，大部分都是自动挡的汽车，我一直用我习惯的错误的姿势驾驶，虽然我已经习惯和熟练，但这会让我很容易产生疲惫，如果可以只用一只脚来操作，那么以后开车会轻松舒适不少。

想到这里，我突然挺感谢他的提醒，虽然看上去白折腾了一下午，但这是很有意义的。如果没有这件事，也许我会待在酒店或者到酒店楼下散步，也许会过得很平淡。但"试驾的体验"让我度过了一小段充满期待和兴奋的时间，尽管被拒绝之后有短暂的失落，但我已经知道，这件事的发生是来给我送"礼物"的。

我很开心和满足，我们约了顺风车回去，朋友回家了，我回了酒店，回到酒店的时候已经快六点了。

第四章

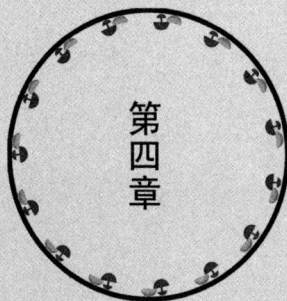

生活是我的一面镜子，我通过别人，看清楚自己。

谁来治愈我

很长一段时间以来，不管我怎么努力地工作，我总是赚不到钱。尽管如此，我依然顶着"缺衣少食"的贫困，坚持了多年。

从身无分文来到南昌，到后来有了自己的小公司，短暂的辉煌之后，很快因为种种原因又破产了。陷入困境之后，不断地激励自己"愈挫愈勇"，但"打鸡血"并不奏效，持续了很长一段时间之后，我依然穷得不知道下一顿饭在哪里。

后来我认识了一个女人，她是我生命中一个美丽的天使。很快我们就相爱了。

我雄心勃勃地告诉她，我想干的事业和我的梦想，她很支持我。并且投入大量的时间参与到工作中。

我们的合作并没有想象中那么顺利，相反，几乎每一件事，我们都会持有不同的意见，甚至发生争吵，我们都想让对方听自己的意见，但是没有人愿意让步。

渐渐地，我们的感情开始变淡，而我一心想要把事业做好，根本没有精力去关注别的东西，我觉得她很不懂我，有时候甚至有些自私（当然那时的她也是这么看我的）。

在这个过程中，我们的合作，断断续续，时而合，时而分。虽然我们都在不停地觉察、反思，但争吵多了，慢慢地双方都产生了一些敌对的情绪，彼此都觉得对方不够包容。

而我，一直认为，如果她能更加听从和理解我的意见，那么我们的很多工作会比之前的状态进展得顺利很多。但不管怎么沟通，她始终"很固执"：不管在什么情况下，老是和我唱反调。

令人啼笑皆非的是，我们竟然在这种"完全不兼容"的情况下，合作了一年多，在这一年多的时间里，所有我们一起干的事情，不管是大事小事，没有一件是干成了的！一年之后的我们，依然彼此只跟随自己的内心，从不向对方妥协。

但一年之后的我，已经完全不是之前那个连饭都吃不起的穷光蛋了。我慢慢实现了财富和时间的自由，并且开始环游世界。而她也一样显化了她的梦想，并且过上了之前想都想不到的生活。

而我想要说的是，在这一年之中我们彼此放下了控制，我们不管遇到什么样的分歧，或者有多么的"唱反调"，但是我们总有一件事做得非常的一致：遇到不顺利的事情，首先停下来，去觉察自己的行为，去疗愈自己。在无法自愈的情况下，我们会相互疗愈，直到内心恢复和平。而在这个过程中，我们通过对方来看清楚自己的样子，并且改正了很多陋习以及清理了很多限制性信念系统。这使得我们在心灵层面上快速成长，并且由此让我过上了我想要的生活。

更重要的是，我在此过程中渐渐有了很强的觉察力：所有让我不开心的人或者事的发生，都是为了更好地认识和"治愈"我自己。所以每一次发生让我心情糟糕的事情，我总是会很及时地去觉察：这件事的发生是为了提醒我什么？这件事背后的"礼物"是什么？而每当我这样想的时候，我总是能立马摆脱这件事对我的负面影响，并且重新认识我自己。

女朋友和别的男人牵手

　　我和女友恋爱半个月后的一个周末，她说要去她的形象管理老师那里上课，下午大概4点结束，5点到公司。我欣然答应了，因为路途遥远，早上很早的时候她就出发了。

　　我照常工作，到了下午5点，我给她打电话，无人接听。10分钟后我又给她打了电话，依然无人接听。

　　20分钟之后她给我来电：亲爱的，我刚结束，现在准备回去啦。我说：好，注意安全。

　　过了半小时，我打电话给她，又无人接听，5分钟后又打了一个，她接了，我问她你到哪里了？她说在路上，刚离开那个地方。我告诉她，好，我很想她。

　　1个小时以后，我依然没有见到她，觉得有点不正常，给她去电，问快到了么？

她告诉我有突发情况：一个老朋友约了她出去玩，可能要晚上9点才能回来。我说好，然后挂掉电话。

挂完电话后一会儿，我意识到她有什么在瞒着我，我相信我的直觉，加上我对她的了解和经验，想了一下给她发了如下信息：

亲爱的，我爱你，我一定努力赚钱。希望以后这样的约会你不要去了，因为这段时间，我们实在太穷了，我担心你经不起诱惑。

她给我回了三个字：我爱你。没有多余的解释。（后来她告诉我，我发给她的那段话把她感动哭了。）

9点多，我如愿地见到了她。她告诉我想多了，他只是她的一个普通异性朋友，刚来南昌投资了两家化工厂，今年30多，因为欣赏我很懂得生活，所以有些交流，完全是朋友的关系。因为她从未撒过谎，我也就打消了疑虑。

第二天，她重新提起这件事来，告诉我那个老男人经常约她，上次见面他有意想牵她的手，要是下次他约她，她还要不要去?

　　一个声音立马提醒我:这会严重伤害自己,但我很快意识到这并不会让我有任何威胁,我相信此刻她是爱我的,然后说:你跟从你的内心就好,我并不介意,我相信你对我的爱。相信自己值得拥有你对我的爱。

　　女友说:我不乐意,那样我不舒服。

　　我告诉她:那你跟随自己的内心就可以了。

　　后来女友没有再找过那个男人。

第五章

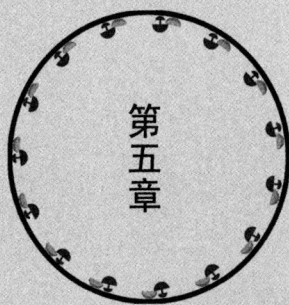

去勇敢地面对恐惧，赢回生命的自由。

毛里求斯跳伞

去非洲体验完这次跳伞之后，我对恐惧有了更深刻的认识。我深刻地认识到恐惧的背后隐藏着一个巨大的宝藏。

在很多时候，凭借着我直觉的指引，我知道我的天赋在哪里，我可以去放手干什么，我的直觉告诉我这样很安全，但我总是会放不下我过去和现在所拥有的。当我越是抓着某些东西不放的时候，其实"这些东西"也抓着我，让我很不自由。

跳伞的时候，我看到下面的两层云，地面的房子和树已经完全看不清，另一边是无边无际蓝色的海。跳下去的那一刹那，我心乱如麻地紧张。接下来，从离开飞机的那一刻，我便感受到了前所未有的轻松，舒适，如鸟儿一般自由的感觉。紧接着，随着速度越来越快，风吹得脸几乎都变形了。我很难形容从天上往下俯冲下去，所看到的整个视野有多么美，其实说得有点跑题了，我想要表达的是，从我离开飞机的自由落体到打开降落伞，到回地面，这整个过程没有任何恐惧，全过程我总是感到安全舒适，以及难以用言语表达的愉悦和飞一样的自由感！

　　关于恐惧，我很久之前就知道这一点，人们只会对还未发生的事感到恐惧，但恐惧只是幻象，当你真正体验和面对这件事的时候，恐惧往往是并不存在的。

离　开

　　我也是由一个很缺爱，很缺安全感的男生成长到今天来的。那时候，我每一次经历失恋，都如同天塌下来一般，我越是去纠缠，越是会让我陷入更深的情感深渊的痛苦之中，而每次当我去接纳我单身的那一刻，我却能获得由内而发的快乐和喜悦。

　　因为缺爱，所以那时的我会有一些粘人，渴望陪伴，也正因此，我当时的女朋友离开了我。但那次我没有纠缠什么，所以我们还保持着朋友的关系。她后来很快找了新的男朋友，每次我们发生联系的时候，我总是会感觉到一些不舒服，这些不舒服一部分是由于过去的不愉快的经历（她不够"爱我"），另一部分是她总是会谈论起来她有多么的爱她现男友。这让我很痛苦，但我又舍不得让她在我的生命中消失（离开我），我很害怕失去，害怕陷入孤独。

有一天深夜，我完全睡不着，胃痛得厉害，我摸着我的腹部，问我自己："宝宝，你为什么这么难受，是谁让你如此难受的，谁欺负了你么？"我得到的回答显然是我的前女友（让我的肚子很不舒服），我摸着肚子告诉自己"宝宝，别难过了，谁让你不开心我就让谁滚"，于是当晚，我给我的前女友发了一个信息，说"我不希望在我未来的生活中出现你的影子了，感谢你参与过我的生活，祝福你，再见"，删除了她的微信。

接下来，我睡得特别的爽，一觉到天亮。

神奇的是：第二天醒来的时候，收到了前女友发来的验证消息，说还想联系我，我通过了。几天之后她告诉我，她和现男友分手了，她觉得我和之前感觉很不一样，变得更加独立完整，这样的我，才是她真正喜欢的。

当我很害怕失去的时候，总是会有很多的占有欲望（控制欲），而当我真正地去面对这个恐惧的时候，我总是能很开心地得到比我想要的更多！

第六章

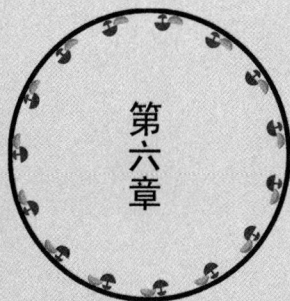

　　对我而言，分手，是换了一种形式的爱。

　　停止活在过去和未来，尽情地享受好每一
个当下。

狂　喜

　　我的女朋友离开我之后，我经历了一小段时间的困惑，甚至觉得自己是不幸的。在一次冥想中，我治愈了迷茫，恢复了心灵的自由。这种了无牵挂的无拘无束的状态令我觉得生命真的太美好太精彩。

　　我决定不再给予负面的事情以任何关注，不再为过去而挂念，不再为未来而恐惧和担忧，也不再搭理任何令我不愉快的人、事、物。

　　我列出了我在那个当下所拥有的和能够享受的一切。很快，我陷入一阵狂喜之中，我几乎喜极而泣了。我已经无法想象，生活还能如此的美好。我感觉到我的生活已经完美到了极致，我对当下非常满足。

　　我走出房间，在街道上享受阳光，感受着空气进入我的身体。生命的存在本身就是一个了不起的奇迹。我开始大笑起来，发自内心的喜悦和开心，为这一个美好的当下而感到庆祝。

　　我回到房间，大笑了30分钟。喜悦和爱充满了身体，生命真的太精彩了，生活的一切太完美了。

　　直到笑到我肚子饿了，我准备去楼下吃饭，路上遇到的每一个陌生人，我都开心地打招呼，感受着人与人之间爱的流动。

　　到了饭店，我美美地享受了一顿美食，细细地感受每一口食物。我不再思考任何关于过去和未来的问题，我知道只有当下是真实存在的。

生命的体验

一天，处理完工作上的事情后，我走进了一家按摩店，开始了一番享受。

按摩的技师，是一个中年妇女，在还没有任何交谈之前，从她的面相中，看得出来她是一个善良、很会生活的女人。

开始按摩十分钟后，我接到一个电话，是我朋友打来的，我们聊了一些关于"生命的真谛"以及如何让生活过得更加轻松自由等话题。因为我非常了解我的那位朋友，她经常用"研究学问"的方式去探索生命的意义和真谛，所以她总是能说出很多高深的理论来，但我知道她生活有时候会比较痛苦，甚至经常三天两头会哭着给我打电话并且寻求安慰。我们的这个电话聊了大约20分钟，我听了她最近的感悟，我觉得她成长了很多。

因为是开的免提，我们挂掉电话后，按摩的大姐说，我感觉你的那个朋友说的话很玄乎，虽然我听不懂这么高深的东西，但你们聊到的关于如何生活的问题我深有同感。

紧接着她说，我今年40多了，在这个店算是最有资历的员工，几年前刚经历离婚，前夫因为搞传销家里被骗得倾家荡产，并且有家暴倾向，挣扎了很久之后，终于勇敢地结束了噩梦般的生活，开启了新的人生。如今带着一个女儿，在一线城市打拼，虽然发不了什么大财，但每天吃好喝好，每天做好当天的事，好好工作，生活照样没什么压力。

我好奇地问了一句，当时你离开这段婚姻的时候，你会有很多的恐惧么？

她告诉我说，在离开他之前有恐惧，没有恐惧的话早就离开了，也用不着挣扎好几年才离婚。但离婚之后发现，生活比之前轻松快乐多了，至少不用想那么多的事情。自己吃好喝好，挣来的钱养活一个女儿是绰绰有余的。

她继续说：虽然我没有像你们一样有知识有文化，但过去40多年的经验告诉我，想要生活得开心一点，就得把自己的包袱扔掉，脑袋少想点事情，不和别人攀比就行。

她和我讲了一些她的故事，我也很喜欢听。

完成了这次按摩后，我给了她一个好评。

我对她所说的内容很认同，并且感同身受，生活的真理是悟出来的，需要用心感受，而不是在某个理论中仅仅用逻辑和"公式推导"出来的。

相比这位大姐而言，那位通话中的朋友，更喜欢让自己沉浸在虚拟的"看似高深"的理论之中并以此来掩盖和逃避生活的现实，所以每次交流起来，她像是一个很牛的专家或者权威人士。她谈论的内容很容易让大家认为她是某领域的大师，但实际上，她的生活和她所谈论的恰恰相反。

我回到酒店之后，和她分享了今天发生的事情，同时也带给了她很大的启发。

无需理由的喜悦

当我开始享受独处的时候，我才发现，喜悦和开心，其实并不需要任何理由，我总是能感受到"存在即喜悦"的感觉。

当我的内心回到当下，完全安静下来，达到平和的状态，喜悦便油然而生。因此我不再需要总是去寻找各种"刺激"来打发"无聊的时间"。

因为，我知道，通过外在的刺激（无论是看笑话，或者是吃美食）找来的"乐子"并不是发自内心的喜悦。

不光是独处，有时候我也会把我的"无理由无条件"的喜悦带给身边的人，当我把这种欢笑传递给别人的时候，我总是能带领我身边的人也开心起来。

记得好几次，我经常被问到"发生什么开心的事了，为什么你可以这么开心"。我边大笑边说"难道没发生什么开心的事就不能开心吗？哈哈哈哈哈哈……"

通过一系列的生活体验，让我了悟到，喜悦和爱，是无须任何条件的。

第七章

　　每一天都是余生的第一天，每一个当下都是一个全新的开始。

和过去的自己说再见

2012年，我考上了江西理工大学，我在赣州待了将近4年直到第四年辍学离开。这座城市并没有给我留下太多美好的回忆，相反经历了被同学孤立、合伙人欺诈甚至和一些人打架斗殴被欺负和侮辱（以及离开学校然后带着负债来到另一座陌生的城市）。

我花了很长的一段时间去"治愈"关于过去的仇恨和愧疚，并且也让我走出了过去的阴影，但并不是很彻底，有时候当我想起一些事情来的时候依然会让我内心掀起波澜，这种状态持续了很长一段时间。

从我离开赣州之后，我就再也没有回去过，我很担心一旦回去，遇到过去的人，看到过去的景，会重新燃起我内心的伤痛。

有一天，我突然觉得时机成熟，决定去一趟赣州，去看看之前的大学，之前我经营过的店铺以及其他还挂在心上的东西。

当我有这个想法后，我便立即订了第二天的票，到了赣州后，那天阳光明媚，我一个人在大街上散步，心情很舒畅，完全没有丝毫的伤感。我首先去了红旗大道的江西理工大学，去看了我大二时开的快递店和手机店，然后去了另一个校区。走了几条熟悉的街道。

一切都没有什么变化，当我经过每一个地方的时候，我仿佛是一个局外人。我看到一些以前认识的人，但我并没有去打招呼，只是静静地看一眼，然后静静地走。我来到我大一时宿舍楼下的小卖部，还是之前的那个阿姨和那个大爷，大爷认出了我，简单地打了招呼，我悄悄地离开了。

一切都是那么宁静，就仿佛一切都没有发生过，我的内心很平和，看着过去就像是经历了一场不真实的梦一样，每一个人都是参与这场梦的演员。在梦里，波涛汹涌；醒来后，和平宁静。

接着，这种感觉继续得到强化。

我想起了之前我经营一家店铺时和我发生过争吵的同行。当时因为影响到了他的生意，我们打了起来，他叫来了一伙人，我也受了点委屈，这件事在我的内心放了一段时间。

我到那里之后，发现已经关门了，然后我了解到，从我离开赣州之后，因为学校政策的原因，店铺被强制收回了，他也因此损失了十多万。

我顺路经过了一个之前骗了我很多钱的中年男人的店铺，我发现他也因为同样的原因，店铺关门并且损失了一大笔钱。

我陆陆续续，经过了一些之前的"熟人"的店，只有其中一个人，店铺还没有倒闭，但当我到那里去的时候，经营的面积缩小了一半，几乎没有任何顾客。

一开始我有点幸灾乐祸，很快，我警醒过来：在这场钩心斗角、尔虞我诈的游戏里，没有赢家，我们每个人都是一样的。我在用我的方式活出一个励志的故事。他们在用他们的方式，活出他们的"跌宕起伏的传奇人生"。

　　很快，我决定要结束这趟旅程，我已经找到了我内心的出口和答案。在过去自我疗愈的时候，我只能从某本书上或者某个疗愈师的话里去感受"所有出现在我生命中的人都是我的天使"。而现在，我已经完全地，彻底地，深刻地体验到了这一点。当我去看"过去的这部精彩而又扣人心弦的电影"的时候，我是故事的主角，在故事里，每一个人都认真地配合着我的演出，只不过大部分人也许还在戏里，我选择了去结束这个戏。

新的自己

很长一段时间，我身边的人经常会友好地提醒我：我的衣着稍微有点土。

一开始自己很不在意，毕竟习惯了，后来因为经常逛街，慢慢开始注意并且想要尝试改变。

我准备去商场买新衣服，但我貌似只能对我之前经常穿的熟悉的衣服款式感兴趣。而其他的衣服，我总觉得和我不匹配，或者觉得不是我能驾驭的风格，因此，我并没有尝试的欲望，甚至不想多看两眼。折腾一两次以后，我便把这件事抛之脑后，把注意力放在我生活中的其他事情上。

我时不时地被朋友提醒这件事，后来在一些比较偶然的机会中，我邀请我的朋友和我一起去挑选衣服，但我依然很抗拒那些和我很"陌生的风格"的衣服。我已经尽我最大努力去接受和改变，当然也有一些成效：从外表上看，比过去前卫了一点点。

后来我认识了丹崎，一个看上去很厉害的时尚编辑，长期游走在时尚圈，据说认识很多国际知名的设计师和模特。

几个月之后，她提出想要送给我一件衣服，当时我在国外正准备回国，我欣然答应，并且把我回国后入住的酒店地址发给了她。两天后，我如期收到寄来的风衣，打开看的时候，令我有点懵的是，我竟然不知道怎么穿！

一开始看到的时候，我内心挺不喜欢的，觉得衣服的很多地方都很夸张，我从没有穿过这样的衣服。我打电话给她之后，穿上了衣服，给她拍了照片。她觉得很好，我觉得有一点不习惯。但由于之前其他的衣服还没洗，因此勉强穿着。

第二天，我穿着这件衣服出门，在大马路上收到了几个人回头的目光，心里想，这件夸张的衣服能赚点回头率也算还不错。我回到酒店以后，对着镜子好好地看了看自己。然后把之前黑色鞋子穿起来，发现，真的个性十足，帅极了。我简直从来没有看过那么帅的自己，重要的是，这整个外在形象简直就是我内在性格的真实呈现。我简直要爱上此刻的自己，我真的很佩服丹崎的专业水平。过去因为二十多年的习惯，让我以一个保守的态度来对待自己的衣着。我甚至都不愿去越过这些限制和束缚，而不是去勇敢地穿一件真正属于自己的衣服。

我不需要去随大流，我终于明白，独一无二的我，值得拥有一件独一无二的衣服。

我和丹崎分享了我的开心和喜悦并且表达了对她的感激之情。她告诉我说，当她看到这件衣服的时候，她立马就认定，这件衣服就是非我莫属的，只有我才能懂这件衣服并且匹配上这件衣服，也只有我才能穿出这种感觉来。怎么劝我改变还不如直接寄一件衣服给我。

听完这番话之后，我更加由衷地感谢她，通过这件衣服，让我更深刻地认清了自己并且让自己更加大胆而真实地绽放。

　　大约一周之后，她又寄了一件衣服给我，这次我没有抗拒，我穿上之后甚至舍不得脱下来。有一种人衣合一的感觉。收到第二件衣服的当天，我把之前的那些能扔的衣服全部扔掉了。

第八章

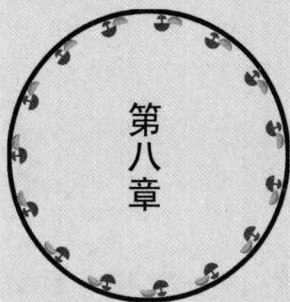

去驾驭大风大浪，去面对不确定的未来，去勇往直前，迈出属于自己的步伐。

停车的罚单

2018年的年底，因为我朋友从老家宜春驾车去赣州，找了一个附近最近的酒店，住了下来。

这是一个快捷酒店，没有专用的停车场，并且酒店门口道路正在施工，因此，我和其他人一样把汽车停在了酒店门口的宽阔的人行道上。因为那里同样也停了很多的车，所以我也就没留意这件事。

我在这个酒店住了三天，前两天，我如往常一样只要去办事就在门口取车，回来之后停在酒店门口。

到了第三天，我早上起床，出门去吃早餐，我发现门口的其他汽车都开走了，只有我一台车停在那里。我开着车离开了，回来之后，我便立马问了酒店前台：门口允许停车么？交警会来管么？

前台告诉我，这里经常会有交警来贴罚单。我说是
么？我已经停了两天多了，目前没有收到罚单，他们真
的会来么？可是，这附近已经没有地方可以停车了。怎
么办？

前台说，这没办法，最近道路施工，这里反正就是不
让停车。交警会隔三差五地来这里检查。

我问完之后便回了酒店房间，开始担心起这件事，忙
了一会儿工作的事，停车的事暂时放在了一边：反正前两
天都没事，应该不会有什么问题。更重要的是不停在这我
也不知道停哪去。

但我还是有些担心。一会儿之后，我打电话给了我的
朋友，谈论了我的担心，我的朋友告诉我尽快帮我打听附
近的停车位。

很快她帮我找到了停车位，我从酒店出来准备去停
车。当我还没开车门的时候，便发现在我的驾驶位的车门
上已经有一张违法停车通知单了。罚单上写的时间正好是
半小时以前。

如果当时一开始意识到了这个问题的时候我马上行动去处理，那么也不会存在被贴罚单的事情了。而正是我的拖延导致了脑海里"担心"的问题变成了"现实"。

无限的担心

　　记得曾经参加过一次考试，因为没有充分的学习，所以有点像是临阵磨枪的那种。考前3天放下手上所有的事情，拼命地看资料背题。晚上很晚睡，早上起很早。

　　因为压力极大，我有很大的恐惧和不安。

　　直到考试前10分钟，我还在考场门外紧张地复习。

　　很幸运的是，考试非常顺利，所考的知识大部分都是我复习过并且依然还记得的。因为考试前持续的紧张焦虑和担心，考完之后我依然不得不焦虑：这次考试我真的能通过么？

　　尽管我觉得已经考得很好了，但我依然在担心万一没通过怎么办？毕竟还没有得到最后的考试结果。

离开考场之后，我便开始通过回忆试卷的题目来查找资料，以便确认我是否填写了对的答案。我使劲地回忆和确认答案，甚至惶恐不安起来。

我很希望确定我通过了这次考试，因为内心对于复考这件事有很强的排斥。

我想要通过各种办法来证明：我真的已经通过了。

我不停地查阅资料，直到真的确认，我答对题的分数已经足够通过这堂考试的时候，我心里舒了一口气。

紧接着，2分钟之后，我又开始焦虑了起来：万一我填错了答案怎么办，或者万一我遇到一个不负责任的阅卷老师或者机器阅卷的时候出了故障怎么办？

我努力地说服自己，这种小概率事件真的不会发生在我的身上。再加上通过反复确认，我实际得分要远远超过及格分数线，因此，即便是我自己或者阅卷的老师或者机器出错了也应该问题不大，毕竟还有那么大的空间。

想到这里后，我觉得心里舒服了一些。

5分钟之后，我又担心起来，万一我的试卷被舞弊的人通过违法手段调包怎么办？即便是我从来没有遇到过这种情况，但我依然很担心。

我尝试着说服自己，放心，真的已经没有问题了。我通过各种办法来证明，我所担心的这些事真的不会发生。然而每说服自己一次的时候，总是会冒出更多的担心来，没完没了。

然后我依然陷入这个死循环中：担心很多的可能性，最后，我也不知道我担心什么，总之就是很担心。以至于到了该吃晚饭的时间，我都没有食欲，草草地吃了一份南昌炒粉，并且一边吃，脑子里还在想考试的事情。

我越是去"处理"我的担心，便吸引来更多的担心；我越是想办法停止我的焦虑，便吸引来更多的焦虑。

吃完饭之后，我决定去散步。散步的路上，我尝试着去接受这种担心：考试真的失败了，下次重新考。我开始去接纳这个"可能的结果"。我觉得这个结果似乎也没有想象中那么可怕，重新考试就重新考试，没什么大不了！

回到酒店的时候，我已经完全放下了这件事，并且不再担心"小概率事件的发生"。当我停止任何担心和焦虑的时候，我很清楚也很自信，这次考试真的是通过了。毫无悬念地通过了。

即便是到第二天，我再也没有怀疑过。

第九章

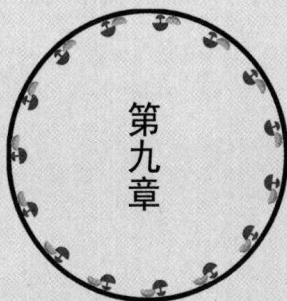

　　我是生活的创造者，我的生活，就是
我最伟大的作品。

选择喜悦和选择混乱

作为一个自由职业者，长久以来我总是有大量可以自由支配的时间。

但这也给我带来了一些困扰：我应该如何安排自己的时间？

我觉察到自己的一个行为模式：每当我停下来没事干的时候，我便开始拿出手机来刷新闻，然后开始关注一些负面的思想和信念系统，接着我开始联想到过去的不愉快的事情和对未来的恐惧……

我的内心开始陷入混乱之中，这简直像个黑洞，让我无法自拔地陷入更深的空虚和混乱之中。

接着我开始设法去清理自己的混乱和负能量。思考如何去抵制自己对于负面新闻的关注。但我越是清理，负能量越多，越是抵制"对于负面消息的关注"，便越是忍不住去看负面新闻。

我眼睁睁地看着自己陷入负面情绪和思想中，想要挣脱，却感受到有一个很大的力量在束缚着我的自由。每次都是这样，我陷入负面情绪的绑架之中。在陷入恐惧和混乱后，我浑身无力，并把这种负面情绪带给别人，尤其是我身边亲近的人，这对于我们之间的关系总是会带来摧残性的伤害。

有一天，我照常看负面新闻，我很快觉察到自己开始陷入混乱。我实在受不了这样的自己，但我还是和之前一样继续看，这时我接到了女友打来的电话，问我要不要一起去游乐园。

我很喜欢去游乐园，所以我不假思索就答应了。

接着，我立马停止了对负面新闻的关注，然后带着兴奋和期待同女友一起去了游乐园，我们在游乐园度过了刺激而愉快的一天，直到晚上回来后，我开始有了一些空闲时间，当我正准备拿出手机来刷新闻的时候，我立马停住了。

我想起上午因为关注负面新闻而陷入混乱后，因为要去游乐园而立马让自己从混乱中抽离出来的场景。我发现过去我一直想方设法去治愈自己过于关注负面的努力是毫无意义的。

我不需要抵制负面思想，只需要让我的生活充满喜悦和爱，那么负面的思想就会自动消失。

对于我而言，要么关注正面，要么关注负面。当我不给它安排开心喜悦的事让它享受和关注，它便会自动关注负面的事。

这就像是一个婴儿，他很想去玩玩具，但是，家里没有玩具，于是他在家里找到了一把剪刀玩，这时候被大人看到了，斥责他并让他放下剪刀（因为危险），但他就是想玩，所以很不情愿地放下之后，等大人们走开了又会接着玩那把剪刀。事实上，大人们越是抵制他玩剪刀，他越是会想玩。当大人们再三看到他不听话的时候，便会觉得调教他很辛苦，很吃力！

但事实上，他的爸爸或者妈妈只需要去买一个真正的他喜欢的玩具给他，他便会轻而易举地放下那把危险的剪刀。

对于我的思想也是一样的，自此以后，只要我遇到不开心的事，或者觉察到自己可能开始陷入混乱，我便会立马去给自己安排一些开心的事。当我早上起来静坐了一会儿之后，我便开始安排一天的精彩的生活。而当我把每天的开心和喜悦安排满的时候，那么，负面的思想便无法乘虚而入。

我的笔记本

我有一个保持了两年多的习惯：早上起来记录昨天发生的正面的事情。

自从我深刻地知道了关注正面的事对于生活的影响以后，我就开始不停关注正面积极的事情。后来我有一个专用的笔记本，每天早上起床，我都会记录昨天发生的正面的事，比如，我得到了某人的一句赞美和肯定，或者我进账了多少钱，或是经历了一件多么令我开心的事……

我今天早上起床的时候，也照常打开我的笔记本，记录了昨天一天所发生的美好的事情，写完之后，我感觉，昨天整天都很美妙而有意义，准备带着期待和兴奋的态度来面对新一天的生活。因为我知道今天也将会有很多美好的事情发生。

准备合上本子的时候，意识到这本厚厚的"感恩日记"已经快写完了。这是我的第三本"感恩日记"，我很快将会有第四本。而这个本子是从2018年11月份开始记录的，到今天正好6个月。翻到本子一开始的地方，从头开始，简单地浏览和回顾了这6个月的时间里发生的事情和带给我的成长。通过这些记录把我的回忆带到过去。

我惊讶地发现，6个月的时间，我的变化真的很大，心境、财富，甚至脸上的皮肤，以及各种生活习惯乃至我自己内在的值得感等都已经完全不是一个水平和层次。我简直像是变成了另外一个人。

通过"感恩日记"，我每天都能以一个积极的态度来面对生活中一切的事情。即便是看上去一些"悲剧"的发生，我也能把它们当作是一个礼物的到来。我甚至把我的笔记本当作是另一个自己，每一次记录就像是我和自己进行一次内在的沟通。通过记录正面的事情，让我警醒于把每一天都过得很精彩，而不是很颓废和漫无目的。让我的每一天都在享受和感恩中度过。

　　我时常会向我的朋友分享关于"关注正面的事"的习惯，并且把我实践所得的结果分享给我的朋友，他们都有不同程度的受益。

第十章

　　我无须去听、信任何权威的意见，也不需要去跟随别人的想法，更不需要去追逐社会大流和趋势，只有我自己内在的感觉是最真实的，其他的一切都不属于我。

成功学的"毒药"

在2018年下半年，因为客户关系，认识了王梓霖——一个事业和情感陷入迷茫的可爱的北京女孩。因为天性开朗，所以她成了我的一个无话不谈的朋友，很享受和她的每一次聊天。

后来她的公司面临关闭，生活越来越迷茫。而当时的我正处于生活的一切都在朝好的方向发展的状态。

有一次聊天她问我：请问你是如何做到这么成功的？

我说：我并不觉得我是一个成功的人啊，虽然我对现在的每一个当下都很满意。

她继续：可是在我的眼中你真的已经超级成功了。我简直都要崇拜你了，虽然你年纪比我还小。

她补充道：你看你，年纪轻轻，有很多的钱，而且重点是你都甚至不需要朝九晚五地上班，你有大把的自由时间，你可以想去哪就去哪，想买啥就买啥，你还拥有一个充满爱的家庭，以及完美的情感关系。

事实上，她对我的描述夸大了。因为我其实并没有她说的那么成功。

她惊叹道：天哪，这样的人生真的太完美了，我都无法想象到还可以比这更成功。虽然我的生活中有一些人比你可能更有钱，但他们赚钱真的比你辛苦很多，而且时间不自由。你的生活真的就是我很久以前梦寐以求的生活状态，不，应该是所有的人都梦想的生活状态。

我听完这一番溢美之词后也很开心，从来没有一个人这样评价过我。这真的是我今生听到过的最高的评价了。我从没有想过我如此成功，我只是在做自己，事实上我心里很清楚，其实我的内心还有一些牵绊，还没有达到百分之百的心灵的自由。但我很满足。

我告诉她：你的状态让我想起了过去的我，大约在一年多前，我和你一样，应该来说比你惨很多。

我回忆起过去的故事来，并且把故事告诉了她。

一年多前，我的生活各个方面陷入困境，我对未来的恐惧和迷茫也到了顶点，甚至每天过着食不饱腹的生活。内心的信念也越来越不坚定了：不知道未来在哪，眼前一片漆黑。

那时的我有一个习惯，就是当自己很迷茫的时候就开始找各种网络上的成功学课程和励志视频来给自己洗脑。但很不幸的是，我越是学习成功学，我过得越是失败。

在我大学二年级的时候，我正在学校创业，开了自己的店铺，还不止一家，带着好奇的心理，我开始学习如何管理团队经营企业的课程，在网上找过各种"成功学大师"的课程和演讲视频。那几年，我一直在接受成功学的洗脑。

在学习"成功学"之前，我还算得上是学校创业的风云人物，大学二年级就经营三家店铺，并且也赚了一些钱。开始学习这些"励志大师"的洗脑课之后，我开始疯狂地自我包装，慢慢地，我身边有人开始说我是骗子，搞传销的等。然后接二连三的失败和不如意的事情不断发生。越是失败，我越是会不断拿出之前反复听的成功励志课程来给自己"灌输能量"，直到最后，我一无所有，穷到连几百块钱的房租都交不起。

在生活极度迷茫，完全看不到希望的时候，我选择了另一种活法：拿着手里最后的三百块钱不到开始"享受人生"。所以就有了这一趟"从无到无"的旅行。

我继续告诉她：富足不是你有多少钱，而是你是否觉得自己值得拥有。部分扭曲的"成功学"总是会不停地给你限制性的信念系统，比如：你一定要努力牺牲自己，才能成功；或者必须要有一个团队才能干大事；或者你须要跟随一个厉害的人学习才能有所成就……

这些可能会让你远离你的天性！并且通过这些限制性的信念系统来让你变得更加的自我迷失，让你无法自如地做自己。这就是我前后的变化如此之大的原因：因为在过去，我一直相信，成功的路上就是带着坚强的意志力去做自己不想做的事情，去自我牺牲，去压制自己的天性。以为只有经受了足够的痛苦，才能看到光明的未来。而现在，我只是把我的事业当成是一件好玩的事情，并且投入极大的热情和乐趣去享受它。我在第一次旅行中得到启示，玩和工作这两件事本质上没有区别。而这一个灵感，就是我的生命逆转的开始……

我和王梓霖的那通电话聊了1个多小时。她告诉我这些故事真的就好像发生在她自己身上一样，因为她也是受"成功学"的影响，最后公司走向破产。

听完我的分享之后，她觉得之前的事业反正也不是她所享受和热爱的，就放弃了之前的公司，并决定去寻找和从事她真正热爱的事业。后来的几个月时间，巨大的奇迹发生在她身上，她正在逐渐过上她之前渴望的生活。

向谁学习

在过去的几年里，我很相信权威和专家所说的话，也许是因为自身的迷茫，不知道应该信什么和信谁，所以我很信任媒体的新闻报道和任何被正式出版印在书上的文字。

在南昌的时候，我认识两个所谓的牛人，有一个令我印象深刻是因为自己写了一本书，另外一个令我印象深刻是因为上了一档电视节目。这两个人都有一个共同的特点就是不断地自我包装。当然，那时候的我，以为他们真的很成功，并且很崇拜他们，甚至有时候会不自觉地模仿他们的一些行为。

后来通过一些事件和经历，让我不再信任他们，我被其中一个"牛人"毫无诚信地骗走了一大笔钱，而另外一个人，其实也想骗我的钱（企图说服我购买他的课程并且加入一个结构有点像是传销性质的会员），但那时候我交不起钱，因此我想上当也没有能力上当。

这样的故事很多，在过去渴望成功的道路上，我总是遇到自己生命中"所谓的贵人和伯乐"。这让我陷入一个困境，每当我遇到一个表面上比我厉害的人，之后，我便会寄予更多的信任和依赖给他。

正是这些依赖，让我给了他们欺骗我的机会。我过去所有的失败基本上都有这样的原因："我的大哥"或者"我的老师"把我骗得一无所有。每一个行为模式都是一模一样地发生：当他们看到我身上有他们利用的价值之后，便开始给我"秀实力"，软磨硬泡地骗取我的信任。当我依赖他们的时候，他们便会把我骗得精光！

我并不是要怪他们，因为如果我不把依赖给他们，他们也伤害不到我。

后来，我经历了许多的故事，这些千篇一律的故事，最终让我醒悟，这个世界上，我的贵人或者是伯乐，其实只有自己。事实上在过去我总是小看我自己，觉得自己不够强大，觉得一定要有一个强大的依靠才能让我快速发展和做大做强。当我越是对外界依靠的时候，我越是找不到自己内在的潜力。在后来的经历中，我发现，我每失去一个依靠，不管是精神上的还是物质上的，都能获得一份强大的力量和自由，以至于我逐渐强大和完整。

后来，我不再向外界寻找任何名师和秘诀，我知道，我想要的一切答案，可以通过内心对生活的体察去了解。

真正的大师

有一次，我在我的一个修为较高的朋友组织的一个微信群讨论起一个有趣的话题来。

我看到一个人问：大家怎么看某些"成功学的修行"？

那时候我正准备赶往去上海的高铁站，一边收拾行李一边饶有兴趣地聊了起来，我的那个朋友对此没有发表任何看法，我知道她内心其实对"成功学"很不认可，就像我一样。

我在群里说：成功学的一切都是教导如何通过恐惧去控制别人，成功学的大师往往很擅长造神并且以此夺走大家的力量（让大家觉得自己渺小，无力；须要通过交钱学习才能改变命运）从而达到洗脑骗钱的效果。虽然有一些成功学的大师打着灵修的旗号，但实际上也只是通过假灵修来包装自己骗钱。

另外一位伙伴问我：什么是假灵修，怎么判断真假，怎么判断灵修走偏？

我说，真正的上师，不会也不需要通过造神来赢得大家的尊重和追捧，真的修行，总是会让大家找到自己的力量，认识到自己就是一切的创造者，自己就是自己的神。而成功学大师，总是会各种包装：世界××第一人，世界某领域权威等。

我继续说道：尽管我有很多各式各样的缺点，但我从不相信在这个世界上有比我厉害的人，我很明白，我是这个宇宙中的唯一，无人能替代。当然我也相信和我一样的每一个兄弟姐妹他们都是世界上最牛的人。

最后我补充道：只有邪教和"成功学的大师"总是在不停地造神。真正的大师会让你发觉内在的力量，会让你知道你自己就是神。

当我说完之后，引来了绝大部分人发自内心的赞同。

第十一章

生活的真谛，是需要在生活中体验和
感悟的，而不是仅听从别人的经验。

镜　子

　　我很喜欢写作，虽然我的写作水平不是很高，但我还是很热衷于通过文字，记录自己的灵感和想法。当我写作的时候，我总能感受到内心立马安静下来，写作的过程就像是自己和自己的一次对话。

　　以前，我会写一些说教类的文字，但现在一般我只记录事件以及真实感受。以前我会把写作当成是一件很有艺术感的事情，现在我觉得写作只是一个记录生活真实体验的工具。

　　第一次写一本书时，还是几年前的事，那时的我是一个穷光蛋，我花了一年的时间，完成了一部"近20万字"的作品。当我今天继续去看我当年的"作品"的时候，我才意识到通篇都是说教和理论。这也是为什么后来最终放弃出版的原因之一：连后来的我自己都不需要这些理论逻辑和对错标准。

记得在一次大学的讲座中，讲座结束，有一个同学举手问了我一个问题：成功需要依靠哪几种能力？

当我听到这个问题的时候，我便想起了之前的自己，那时候的我也许和这个同学一样迷茫，我努力地向外而不是向内寻找方向，所以那时的我，很容易相信别人的成功并且跟随别人。最终导致我越来越远离真正的我，并且过上了负债累累的生活。

我当时告诉提问的男生：你不需要从别人那里或者某一本成功学的书的理论中去学如何成功。不然你会很容易学到一些限制性信念系统。我以前也会和你一样去研究别人的成功和失败，但我现在更喜欢研究自己，通过生活的体验，不断地觉察自己的行为模式，在认识自己的过程中，发掘自己潜在的力量。最后我推荐他去阅读中国传统文化中的经典《道德经》。并且告诉他，老庄思想对我自己的影响很大。

　　因此，当我准备出版这本书之时，我仔细地查找了一下我之前写的所有文章，确保所有的分享都是来自生活的真实体验和感悟，而不是硬邦邦的教条。我并不是希望通过这些小故事来教会大家什么，它就像是一面镜子，帮助你更好地看清楚你自己，仅此而已。

趋　势

　　我很巧合地遇到了我的两个高中同学，他们是我在高中时期仅有的两个朋友（那时我的人际关系处理得极差）。因此我也很珍惜彼此的友谊。

　　于是，我邀请了他们在我住的酒店附近吃了火锅。在这期间，我的其中一个老同学谈论到一个关于"行业赚钱趋势"的问题。

　　他说，他准备离职，然后想去创业。

　　当我进一步好奇地问他，准备从事什么行业的时候，他告诉我说，还不知道要创业干什么，目前正在研究行业趋势和市场需求，等研究好了再行动。

　　我继续问，那你问过你的内心，喜欢和享受以及擅长做什么？

　　他说，这不要紧，兴趣可以培养，不擅长的可以学习，只要能赚到钱就可以了。

　　我能感受到他的迷茫，因为记得在上一次见面的时候他也表达过类似的观点，他有很多天马行空的观点和想法，但确实很少付诸行动。

　　我尝试着告诉他，"行业的趋势"未必代表"你的趋势"，你无须跟随别人的步伐，把这些用来"研究别人的需求"的精力用在"研究和了解自己内心"可能对于人生的帮助大得多。

　　当然，我并不期待他能认可我的观点或者听明白这句话。我想这些"大道理"他也应该听腻了。后来我们聊了很多，包括以前的一些美好的往事，整个过程还算开心。

　　散场之后，我回到了酒店，想到这件事，我觉得我确实无力去帮到他，因为，在他身上，我也看到了过去的我自己。

　　我想起我当时在大学的时候，我一直在进行各种创业的活动，只要是能赚钱的都做，每天都生活在繁忙和压力之中，虽然也赚了一些小钱，但是和我的工作量严重不匹配，最终也因为各种原因导致一次次的失败，然后背负很多的债务。

　　记得当时也有人提醒我，我对待自己的方式很"违背自己的天性"，但那时的我活在自己的逻辑里，完全听不进去。

第十二章

　　我不是要去成为一个坏人，也不是要去成为一个好人，但需要去成为一个真实的人，一个坦诚对待自己和别人的人。

在别人身上投射自己

在一次旅途中，刚下飞机，来到一座新的城市，到酒店之后，有一些工作需要处理，因为沉浸于我喜欢做的事情的乐趣之中，几个小时之后，我感到一丝饥饿，因为还有一点事没有处理完，所以我没有立即去吃饭。

十多分钟之后，我感觉饿极了，从酒店出来，准备去寻找一些当地的特色小吃，然而没等我走多远的时候，我已经感觉到没什么力气。我停在一个小巷子里，看到一个快餐店，虽然环境不是很好，但我还是别无选择地进去了。

进去之后，一个妇女正在洗菜，我问，现在可以吃饭吗？

她低头忙着洗菜，完全不理我，大约5秒钟之后挤出一句话来：我这会儿没空，你可以去叫里面的厨师来打菜。

我去到厨房，看到一个40岁左右的男士，告诉他，外面的女士叫你帮我打菜。

他从厨房出来，我问他，你们这的菜是热的吗，不会都是冷的吧？

听完我这句之后，他很不耐烦地说，你说呢？你觉得是热的还是冷的呢？

他继续说道，你要吃什么快点说，我没那么多时间。

我没太听明白什么意思（他说的应该是方言），于是我问了一遍，我说我没听懂。

"你是听不懂人话么？我问你要吃什么，快点讲。"他用普通话很生硬很生气地说，并且给我一个很不舒服的眼神。

当时我有点懵，我不能理解为什么他脾气那么大，以及为什么要对我生气？毕竟来到一个陌生的地方，对方也应该是少数民族，可能是我不太了解这里的人，或者有什么文化上的差异，让对方产生了一些误会。

然后我在表达完歉意之后，随便点了两个菜后，问：可以用支付宝付钱吗？

妇女告诉我，可以微信支付。

我说，我只能支付宝给你，微信暂时不方便。那怎么办呢？

男的说，那你就别吃！（很凶的语气）

我很不愉快，准备离开这家自助快餐店，在我转身的那一刻，我听到男人骂我：跟个傻子一样，女人也说，真是个傻子。

这让我忍无可忍，立马回过头来，和他们发生了一些口角。最后我离开的时候，虽然这件事算是过去了，但我总觉得有些气愤（被欺负的感觉）。

很快，我步行到了另一条街道，找到一个面馆吃面，但我脑海里还在想着这件不愉快的事情，甚至想要如何把他们羞辱回来才够解气。

我能够觉察到，应该是问了"你们这里的菜是不是冷的"这句话之后，男人感觉我似乎对他们很不尊重和信任。再加上当时他们都特别忙，所以没有什么耐心。但我说那句话，仅仅是因为看着那些菜并没有热气，甚至让我怀疑那是中午留下来的。对于我自己而言，我只是怀疑所以问明白，他大可告诉我，这些菜是热的就可以了，没必要生气甚至还骂人。这实在让我觉得很不舒服。

正当我这样想的时候，我回忆起另一件发生在前几天的事情，当时是一个美国的女孩联系我，想要得到我在情感方面的一些建议和帮助，而我一开始就告诉她，我这里暂时没有时间提供免费服务。

她开始质疑我：是不是骗子，啥都没开始，就谈钱？

而我，听到这句话之后，很不舒服，觉得她并不尊重我付出我的劳动和时间。

聊了几句后，我很不耐烦地告诉她：我不是骗子，你也没给我钱，你能接受就接受，我不缺你这个客户，再见。

很快，我们就相互拉黑了彼此。

我联想到，在处理这件事上面，我和刚才快餐店的那位令我憎恨的男士是一样的。正如前几天的这位美国华裔，我想她也并不是要占便宜，她仅仅是提出她心里的怀疑和顾虑而已，如果不是诚心诚意地需要我的话，也不会浪费时间来联系我。更何况作为网络上的陌生人，一开始就谈钱，这本身确实会让人有不安全感。这跟我向快餐店的男人提出我心中的疑虑是一样的。在他的身上，我看到了自己的影子。

当然，在这样的负面情绪下，很自然的，我们得到了同样的结果，他损失了我这位顾客，而我也损失了一位顾客。

想开之后，我非常感激他和这个经历让我更深层次认识了自己并且得到了全然的治愈。

世界和平

游玩西湖之后，我准备乘坐高铁从杭州前往上海。在站台上，帅气的复兴号疾驰而来，最后稳当地停在我的面前。每一次乘坐高铁，都能激发我一次内心爱国的种子，以及对祖国深深的祝福。

我经常会向身边的人表达，我们是如何的幸运，生活在一个和平的，几乎绝对安全的强大国家之中。

经过两个小时愉快的旅途之后，到了上海，在排队进入出站电梯的时候，有一个中年男子强硬地挤推我，并且准备强行插在我的前方。

这让我感觉很不舒适，当他挤我的时候，我立马感受到并且也有意识地挤他，以此来捍卫我进入电梯的优先位置。而他用更大的力气强硬地插入我的前方，我对他的霸道很不服气，并且准备想要去把位置挤回来。

当他也觉察到我的动机的时候，他很不客气地向后打量我，并且向我亮出他的手臂和拳头以示挑衅。我的脾气立马也上来了，也没管那么多，在电梯上，最终我们吵了一架。

所幸，双方都在争吵中保持克制，避免进行肢体冲突，他的朋友也在劝他。直到我们离开电梯，然后停止争吵，各奔东西。

一路上，我的内心极度混乱，因为一件芝麻大的小事情，差点升级到打架。我足足花了20多分钟才自我治愈内心的不平静。当我恢复平静之后，我立马感觉到在这件事情之中，生气仅仅是我自己的心理投射，事实上并没有人无缘无故伤害我或者不尊重我。我回忆到，当时那个男子因为他的朋友在前面，因为车站人流很大，为了不走散，他着急地挤了过去和他的朋友汇合。但我一开始并没有发现这一点，以为他是个不讲理的流氓，等到我们的矛盾升级到很严重的时候，他的朋友才站出来说不要争吵了，算了。但那时候我已经陷入失控之中。

我的内心再一次告诉我，每一个人内心都是善良的，在这个世界上其实不存在真正的坏人。冲突和争吵源自我们内心的不和平。而争吵对于每一个人来说只会自我消耗。

突然觉得，刚才自己的举动显得很幼稚和可爱，当我把自己的情绪的主导权收回（停止失控的状态）的时候，觉得一切都是那么的完美。虽然最后差点升级到动手的地步，但这件事让我深有感触的是：只有我们每一个人内心和平，世界才会真正的和平。而这也是我如此热爱我的祖国的原因。

我对刚才的那个"流氓男士"充满感激，感谢他给我上了宝贵的一课。

脏　乱

在上海去一个朋友家。一进门之后，发现客厅到处放满了东西：沙发、地面以及凳子上，都是各种杂物，混乱不堪。走进房间，也是乱七八糟。

这是一处80平方米的房子，虽然不是市中心，但起码也是价值几百万的住宅。而眼前的景象颠覆了我对这个朋友的认知。

我不由得问了一句：为什么你不收拾一下自己的家呢？

她告诉我说，不用收拾啊，我已经习惯了，虽然看上去乱，但一点都不脏。

我打断她，不，我的意思是说，如果你把这些不要的东西扔掉，把不常用的东西收起来，然后把剩下的东西有序摆放的话，你的居住环境会舒适很多，你的心情也会更棒的，如果你觉得人手不够的话，我可以帮你一起收拾。

她很直白地拒绝，谢谢，不用了，这样子，我已经习惯了，乱并不代表脏，乱也是一种艺术。

我对此不以为然，在她家也感到很不舒适，犹如待在一个垃圾堆里。

离开她家之后，我便不再想第二次去她家，当然鉴于我尴尬的表现，她也应该不会邀请我再一次去。我对此充满评判，这简直颠覆了我对那个朋友的印象：我甚至会觉得她是一个懒惰而不讲卫生的女人。

回到我的酒店，服务员已经整理了一遍房间的每一个角落，一开门便觉得温馨舒适。我接完一个电话之后，开始写我本来今天早上应该写但却因故漏写的感恩日记。写完之后浑身轻松。

我突然想到，我高中时期，因为经常不收拾寝室的而把房间搞得乱七八糟，因此宿管员和班主任经常说我，我的室友也离我远去，那时的我很不爱干净，也不爱洗澡，久而久之，班上的同学逐渐远离我，我受到了孤立。

到了大学之后，我的这些习惯依然没有改正，因此大学期间，同学都不喜欢我，我知道是因为我不合群的性格以及懒得收拾的习惯导致的。那时的我，眼里只有梦想和目标，对当下的生活毫不在意。但我的习惯和行为严重地影响到了我身边的人，因此他们会躲避我甚至讨厌我。

在后来的很长一段时间，我一直觉得，他们伤害了我的心灵，他们不尊重我，对我不友好，大家都讨厌我，我没有得到应有的成长环境。

进入社会之后，我依然受到了同样的"不公正"的待遇，我觉得整个社会都对我不友好，甚至有时候我会想着要如何去报复他们！

在今天这个朋友身上，我看到了过去的自己，我知道她是一个很好的女孩，正如我也是一个善良的人。那时，我身边的人远离我，就像是我现在不想去她家一样的感觉。非常感谢她，治愈了我对多年前的自己的评判，同时也让我宽恕了那些给我"不友好不公正"的态度的人。

　　我想要帮我的朋友好好地收拾家里的东西，想要帮助她拥有一个舒适的生活环境。但是她并没有改变的意思，因此，我也无能为力。我突然记起，在高中，我的班主任不止一次帮我收拾寝室的卫生，我的高中室友和大学室友也多次帮助和理解我并且帮我收拾书桌，以及替我打扫卫生，我的同学，在一开始的时候对我也很热情和友好，甚至有时候还会借钱给我。但是我自己并没有因此而感激并且做出实际的改变。一段时间之后，他们都表示很无奈，想要对我好，但也无能为力，受不了只能远离我。

　　此刻，我的内心充满了爱和温暖。

摔碎茶壶

在中俄边境旅行的第一天，找了一个很有风味的客栈（民宿），早上和我们的团队小伙伴开视频会议，其间不小心把桌上的茶壶掉地上了，捡起来发现，壶嘴碎了一小块。

几个小时后，我租了一台车准备自驾沿着边境线开启这趟美妙的旅途，我收拾行李到前台退房，为了避免小茶壶的破损影响下一个住店客人，我决定提醒一下前台小姐姐。

我把房卡递过去，随口就说：我的房间的小茶壶壶嘴碎了一个小块，可能会影响使用，但这不是我摔碎的。我只是想提醒一下你，所以和你说一下。

　　我以为这样说，既可以提醒客栈，避免影响接待下一个住客，同时又避免自己被索赔扣押金。但从前台小姐的表情和眼神中似乎看出来我在说谎，即便是如此她也没有计较什么。

　　把行李箱放好在汽车后备箱后，我准备驾驶离开，在还没启动的时候，内心很剧烈的不和平。我停下来，去觉察这件事和我自己的情绪。

　　我觉得我不应该占客栈的小便宜，小茶壶确实是我自己打碎的，为什么我不能承认和面对呢？更何况这也赔偿不了多少钱。

　　针对这件事，虽然前台小姐放过了我，但是我内心没有放过自己。我警醒自己，必须做一个坦诚而真实的人。

　　我决定，下车，向前台道歉，并且主动赔偿了一笔钱，然后内在瞬间恢复了和平。

　　开车的路上，我想起了，过去的我，总是想尽一切办法占别人的小便宜，并且以此为乐。小时候，和妈妈去赶集的时候，会去偷摊位上的糖果，因调皮犯错，造成了损失之后，我就会立即逃跑躲避，害怕别人追责赔偿。大学时候，曾经有坐火车逃票的经历……我会用各种小聪明去占别人的小便宜。甚至有时候还会向身边的人"炫耀"我的小聪明。

虽然是陈年往事，但在过去我并没有很清晰的觉察到，这些陋习带到了今天。对于此刻的我而言，相比于靠小聪明占到的便宜，我觉得去积极地面对事情的后果带给我的"问心无愧的内在感受"更重要。

在生活中，当我问心无愧地承担了我该承担的责任，做了我内心认为合理的事情，我便不用琢磨如何撒谎以及圆谎，也不再需要考虑别人会怎么看我、怎么评价我以及怎么对待我——因为那是别人的事。我只需要不愧对自己，这样生活会变得更加的简单而快乐。

第十三章

　　勇敢地去追求一切美好的事物，因为
值得我拥有。

自信和自卑

在上海，我去迪士尼乐园玩了一天之后，我的一个朋友说要带我去见她的一个朋友。我之前从我的朋友口中听说过她。她是一位发自内心的超级自信的其貌不扬的女孩，由内而外散发着很不同寻常的魅力，我对此也感到好奇，想要去见识见识她。

第二天我们到了她的家，是一个很偏僻的郊区，从她的言谈举止之中能看出很不一样的气质来。我准备在附近酒店待一两天。

傍晚，我的朋友提议我们一起聚餐吃饭，我说很好，我来请客。

找了一家餐厅之后，我们开始坐下来交谈，我坐在她的对面。

我开始问，听我朋友说，你是一个超级自信的人，而且是发自内心的自信。我也能从你的身上感受到那种感觉，我想请教你，你是如何形成这种自信以及完全不对自己有任何评判的状态？

她告诉我说，她从小到大都是这样，自信是天生的。

我说：我知道每个人天生都自信，我也是，小时候我就自信，但后来经历了很多的事情，尤其是在中学和大学期间，我受到同学的孤立和厌恶，长达很多年总是收到别人嫌弃和讨厌的眼光，这给我的成长的心灵带来了很大的打击和创伤，因此我后面花了很多的时间去自我治愈我对自己的自卑和评判，才有了今天的自信。

她说：我也有和你类似的经历，我中学的时候也被同学孤立，大家都不喜欢我，都远离我。

我：那这件事没有带给你负面的情绪和自卑么？

她继续说：没有，相反这件事增加了我的自信，因为当我和我的妈妈分享我的遭遇的时候，我妈妈一直告诉我，大家远离你是因为你太漂亮了，所以大家都嫉妒你。

因为从小到大我的妈妈都说我是世界上最漂亮的女孩，并且不管我发生什么事，我妈妈总是表扬我，所以在我的童年里，所有一切的发生，都会被我妈"理解为是因为我太优秀了"，所以才会这样。

当我们聊到这里的时候，我们已经笑得合不拢嘴了。

我补充道：天哪，我之前一直把以前我的自卑归咎于大家不喜欢我。虽然我们经历了同样的事情，但是当我告诉我的妈妈我被同学嫌弃和孤立的时候，我妈妈总是告诉我说，因为我各种不行，所以大家不喜欢我，所以像你这种人想要有出息的话，你只能在学校努力读书，这样别人就会看得起你了……事实上我妈妈从小（我很自信的时候）为了"激励"我努力读书，就开始灌输这样的观念：我很渺小，很无用，很被别人看不起，只有好好读书才能改变这一切。

以至于到后来，我一直觉得大家会因为我有各种缺点而不喜欢我。这是我从小到大留在心里深深的烙印。直到我彻底治愈我的自卑。我发现这一切都是假象，过去大家对我的评判，源自我的自卑和对自己的不接纳。

　　当然我很爱我的妈妈。这一切已经过去，但这一次的交谈让我印象深刻，在童年虽然经历同样的事情，我们对自己不同的看法和认知却造成了截然相反的结果。

真正的自由

我被大学开除之后，经历了近两年贫困且缺衣少食的生活，后来经历的一些事让我疗愈了很多关于财富的卡点，在很短暂的时间里，我赚了很多钱。

很快，我实现了财富自由，我可以自由地到处去旅行，和几个月之前的过去相比就如同换了一个人似的，那时候的我还在担心下个月的房租在哪里，以及在思考如何绞尽脑汁地把一件商品的价钱讲到最低。

因为我同时也从事着一份时间自由的工作，平时会写写文章，在一些自媒体上发布一些自己对悟感、生活、财富和各个方面的见解。或者通过音频的方式做一些自己在情感和生活领域的自媒体分享，而这些事情，不受时间地点的限制。所以，我可以随时随地去到我想去的任何地方，去吃我想吃的任何美食。在我身边的大部分人，对我的生活羡慕不已。我知道在我这个年纪，实现财富自由的并不多，同时实现财富和时间自由的，在我身边就几乎很难找到。

但有一件事，一直让我觉得"很不自由"，因为我还没有取得汽车驾驶证，所以，经常要回之前定居的城市南昌，从科目一到科目四的练车和考试，每次都要从外地甚至国外飞回来，考完之后继续我的旅行。

我一直期待着等我考完驾照，我就彻彻底底的、完完全全的自由了，没有任何东西可以限制我，也不用飞回我已经待腻了的那个城市。这样我就可以来一段"不回家"的旅行。

几个月之后，我顺利地拿到了驾驶证，拿证的当天，我立马申请并拿到了国际驾照的翻译件，我想，从今天开始，我的生活再也没有任何束缚，只有自由和喜悦。

　　很快，我买了张机票飞往一个我从来没有去过的城市，而当我登上飞机的那一刻，我的内心开始有些迷茫，有一种若有所失的感觉。

　　下飞机之后，入住了当地酒店，这种内心"空荡荡"的迷茫感愈演愈烈，一开始我觉得，我只是一下子还没适应一个人无牵无挂地去云游四海的生活罢了。

　　而后来的几天中，我并没有体验到如之前所设想的"自由和喜悦"，相反这种"无依无靠的漂泊感"增加了我对未来的恐惧，这使得我不敢懈怠我的工作并且变得紧张起来。而另一方面，我习惯每天都换一个酒店以获得不一样的体验和感受，但每天我都要花大量的时间去决定我接下来要去哪个酒店入住，因为选择太多，让我在这件事上面很消耗精力。而当我在这个城市住了几天之后，我又在思考接下来究竟要去哪里。

　　折腾几天之后，我发现我并不开心，相反，当我在这座陌生的城市逛街的时候，我看到一对对情侣和一个个家庭谈笑风生地走在路上，我很羡慕他们能有这样的生活。

　　我一直觉察到内心的不平和，在过去，经历了分手之后我想体验安安静静的一个人的生活，以获得精神上的独立和完整，以及情感上的毫无牵绊，同样的，在过去，我很贫困的时候，渴望过上富有的生活，可以想买什么就买什么，想去哪里就去哪里。而当我真正地拥有这样的条件之后，生活并不如我想的那么美好。

　　我带着这个困惑冥想，我问内心，为什么当我得到了全然的自由之后会过得没有以前那么开心。

　　当我彻底安静下来的时候，很快我得到了我想要的答案：因为我还没有得到真正的自由。

　　过去我之所以不自由，是因为一些执着或者信念系统的限制，比如，必须考驾照。而现在我依然不自由，是因为"我对自由的执着"限制了我的自由。比如说，当下我可能玩累了，如果找个地方定居可以让我更开心的话，我可以去找个城市定居下来。

　　真正的自由，总是来源于我的内心，随时去干我想干的事情，而不是去不停地干我"可以去干的事"，正如此刻的我，可以去到很多的地方，我把这个当作是自由，可是我此刻想要的是休息和安定。而在我过去的信念系统中，我把定居理解为一种限制自由。虽然和之前一样，都是定居，但过去我会觉得，我是被迫的，所以不自由，而现在，定居下来，是我内心渴望并且感到开心的事情，所以这是我的自由。而事实上，即便是在过去，也并没有什么东西真正地限制过我的自由，即便是在我穷得没钱租房子的时候，我也依然是全然的自由的。正如在我实现了财富和时间的自由之后，我依然会希望过着和之前一样的"不自由"的生活状态一样，所以，通过这件事我需要了解到的启发是，真正阻挡我自由的并不是外在的客观条件，比如没有足够的金钱、时间和"我必须考驾照"，而是内心的限制或者某些信念系统阻止了我的自由。自由仅仅是内心的感受，而不是我在哪个地方。

收到这些信息之后，我感到由内而外地释然到了前所未有的轻松和愉悦。

第十四章

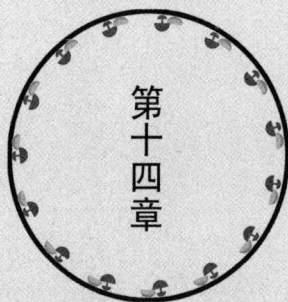

时刻警醒自己，不忘初心。

睡前散步

在入睡之前，夜深人静，我偶尔会在酒店楼下散步十几分钟。这个习惯断断续续保持了两年。

漫无目的的散步对于我来说是另一种形式的静心：放空头脑，聆听内心的声音。在每一次散步中，我都能得到很多对生活的感悟和对自己的觉察。因此，睡前散步对于我来说，是一段非常宝贵而有意义的和自己相处的时光。

曾记得好几次，当我的事业做得有点小起色的时候，我开始飘飘然，然后对钱有一些抓取，有时候会用不耐烦的语气对待那些很犹豫不能果断付费的客户，甚至有时候会给自己带来不必要的争吵和烦恼。

总有些时候，忙得忘记了自己是谁，然后开始偏离自己的初心，但幸运的是，我通常能在睡前的散步中，找回自己，把自己从偏离的方向中拉回来。

我时刻警醒自己，我所做的一切都是出于爱，而不是任何别的目的。散步时，关于这一天发生的所有的事情，以及我自己的行为模式，我能看得非常明白，就好像一个旁观者一样来观看我一天的表现。

宇宙的孩子

在印度尼西亚的一次旅行中，我深刻感受到我就像是宇宙怀抱里的一个孩子。

当时我在巴厘岛的一个美丽的海边游泳，随着汹涌的海浪，在海水里嬉戏和玩耍。我感觉自己就像是一个顽皮的孩子，在大海的怀抱里调皮地撒娇。

那是一个美丽的黄昏，有很多人，各种肤色和国家的人，大家都很开心，在大海母亲的波浪之中欢笑。

准备"掉入海平面"的夕阳特别美好，金色的光芒染得海面星星点点的璀璨。而后，我坐在浅滩的水中静静地欣赏了日落。看着太阳在海平面消失，仿佛听到了它和我挥手说再见。

一切都是那么的美好和舒适。

地球和海洋就像是我的母亲，我就像是那一个和母亲有着脐带般连接的孩子。

我感受到了万物合一的感觉，感受到了和宇宙中万事万物相连相通的美好体验。我感受到了宇宙深深地爱着我，我也深深地爱着宇宙，爱着宇宙中的一切，包括金色的夕阳、酒店的杯子和海边的椰子树以及吸入我嘴里的空气。

我感受到了，这个世界一切的存在都是爱。

我全身充满了力量和感动，我喜极而泣。

第十五章

做钱的主人，享受财富带来的开心，
不是做钱的奴隶。

掉了8000块钱

在一次旅行回国后，不慎把手上的现金全部弄丢了，那是我的全部财产，仅剩的8000多元。

几经周折，当时也报警了，也没有找回那一笔钱，即便是很绝望，也没办法，生活还需要继续，我也只能接受这件事。

虽然以前我也会掉钱或者遗失一些财物，但这应该算是我掉的最多的一笔钱了。当我努力想要找回的时候，内心其实很折腾，觉得自己很不幸运很倒霉，但是当我决定要接纳这件事（不再挣扎）的时候，内心很快平静下来了：掉了就掉了吧。

我想起之前看到过的一句话：在我们的生命中，所发生的所有的事情，从某个角度来说，都是上天赐予我们的礼物，所有的事情的发生都是来给我们做贡献的。

我尝试去思考，"掉钱"这件事带给了我什么样的礼物。

很快我的内心给出了答案：虽然说我的财富状况开始在改善，但是我的内心依然对钱很匮乏，我总是盯着我未来好像要赚更多的钱，而忽视了现在已经有的钱，当我不享受这些已有的钱并且总是盯着"未来的钱"的时候，我便很容易因为我对它的忽略（而粗心大意）导致遗失它。

我一边散步一边觉察我自己面对财富的行为模式和态度。到了一个饭店，该吃午饭了，幸好微信钱包还有仅剩的一些碎钱。我决定要好好地享受并且重视仅剩的这些钱，我点了一碗面加卤蛋。

因为以前过习惯了"身无分文"的日子，所以，这次重新回到这种状态倒是让我内心有些淡定：好好地享受这一顿午饭，好好地享受花钱的感觉。

吃着吃着，突然觉得一阵满足和感恩涌上心头，虽然没有更多的钱，也还不知道下一顿饭钱在哪里，但能吃着加卤蛋的面条，并且喝着面汤，这种完全享受当下的生活状态已经完美得不能再完美了。毫无理由地，我的眼睛里感动得泛出了泪光。在这个当下，我觉得我很富足。

想到这，内心就像是被触电了一般，我总以为，我所追求的富足就是去占有很多很多的财富。而实际上，富足只是一种感觉，正如，在没有遗失8000多元钱的时候，虽然我有好几千块钱，但是我的内心并不富足，因为我一直盯着"更多的钱"。而当我遗失了这些钱，并且接纳现状，去享受最后仅剩的一些碎钱的时候，我得到了富足！

我的内心充满了爱和感恩。就当这8000多元钱的遗失，给我买了一堂关于"富足"的课吧。这一堂课，从我自己内心的感受而言至少值5万块钱。所以，这样的话，我花了8000多买了一堂价值5万元以上的课，实际上，感觉我并没有损失钱，相反我还赚了4万多。

这件事的发生带给了我生活很大的变化，自此后我也以更饱满的状态去面对和享受工作和生活，很快我赚到了比之前多好几倍的钱。

小　费

　　小时候我就梦想着，等我长大以后，我要带爸爸妈妈坐飞机去旅游。

　　终于，在24岁的时候，我实现了这个梦想，我带着一家人（包括我姐姐和姐夫）去了一趟泰国的普吉岛。

　　自己订的机票和酒店，因为人多，所以花了一笔不少的钱。

　　飞机落地之后，我们租了一台车，享受着一家人在异国海边自驾的乐趣。30分钟后我们到了酒店，入住前，我专门拿出了一些之前换好的零钱，发给爸爸妈妈和姐姐姐夫，并且告诉他们，这些钱是用来支付给服务员的小费，留着这几天用。

他们很不理解，为什么订酒店的费用已经付了，还需要额外支付费用。我解释，这是他们国家的习俗，我们给一些碎钱就可以了，可能是因为坐飞机以及驾车疲劳的原因，所以我没做过多的解释。

我妈妈觉得这些钱，无缘无故给别人很浪费，我爸爸也觉得这样很不应该。

我安抚了两句之后，办理了入住，然后我们便不再提及此事，直到我们从普吉岛飞曼谷，在曼谷入住酒店时，我又给了大家一些碎钱，姐姐和妈妈又嘀咕了两句。

我完全能理解他们的想法，正如我第一次来泰国的时候，我也不是很习惯，尽管那时的我已经有了一笔小小的积蓄，导游每天都提醒随团的人记得放小费在房间，但我实际上每次都没有放，那时我的想法和现在爸爸妈妈的想法是一样的：我已经付了那么多钱了，为什么还需要给小费？

后来，经历了一些事情，让我更深刻地理解，给予和接收是同一件事。

当我总是为了一些小钱斤斤计较并且乐于研究如何

占别人小便宜的时候，我总能感受到内心匮乏的思想：钱是匮乏的，我缺钱；而当我愿意以"捐赠"的方式给出一些钱的时候（当然，不是挥霍），我总能感受到内心的富足：我的钱是足够的，我很富足。尽管这只是一种感觉，但有钱的感觉和没钱的感觉对我的生活产生很大的影响。

此后，我很乐于为给我提供优质服务的人支付额外的费用。不管所在的国家是否存在"付小费的文化"。即便是在中国也是如此，有时候，我也会无理由地给和我交流得开心的人发金额不大的红包。我深刻明白"越是给予，越是富足；越是索取，越是匮乏"的道理。

起初，我的出发点并不是要如何帮助别人，而是单纯地享受"给予的乐趣"：支付小费，只是单纯地取悦我自己，当然顺便也尊重和帮助了别人。

为自己多花10块钱

有段时间，我很喜欢SPA按摩。并且很享受我被充分照顾和抚摸的感觉。所以我会经常去SPA店。

我在杭州准备待4天的时间，在一个阳光明媚的下午，我在西湖散步之后，想要去SPA。我打开手机，立马搜索到了附近许多的SPA店，其中有一家店，很强烈吸引到了我，理由是：比其他店的价格低了10块钱。并且也正好在这附近不远处，步行就可以到。

我毫不犹豫地预订了这家店，并且付款了。然后按照地图欣然前往。

到了以后，发现是一家不是很有规模的小店，店内的环境以及空间的舒适度也很勉强。到了之后老板娘给我安排了一个小房间，并且告知我需要等待超过20分钟，因为她需要去叫人。

当我等到30分钟的时候，有点不耐烦，我出门去问他们。一开门，技师就来了。

一上来之后，便开始各种推销他们的升级套餐和各类附加的付费项目。整个一小时多的过程中，推销了6次！然后中间时不时地停下来出去办各种事，中途还问我，让我帮她调试她的手机，并且要求我教她如何拍照发朋友圈。

我表达我想休息的时候，她总是不停地想和我聊天，问我各种私人问题，最令我感到不舒适的是，她所谈论的东西和讲的故事总是关于负面的抱怨。其中她描述到的一个故事令我想到了我自己有关于童年的一个悲伤的事情。让我心情混乱了足足有10分钟才自我调整好。

完成了这一个多小时的SPA之后，我完全感觉到这钱白花了，甚至浪费了时间和心情。

当我有点后悔选择这个店并且回附近的酒店的时候，我想起了，在过去很多次当我想要购买什么商品或者服务的时候，我总是毫不犹豫地把低价作为优先考虑。并且还会为自己省到了多少钱而沾沾自喜。但事实上并不是每一次选择"实惠"都会带给自己满意的体验。有时候甚至会为此付出更大的代价。

在回酒店之前，我继续在西湖边散了几分钟步，这件事的发生正好提醒了我一点，我之所以这样，是因为过去对钱的困乏感，这让我总是会习惯性地斤斤计较，而这种习惯通常会让我觉得我并不值得拥有优质的服务和体验。

当我以省钱为目标去选择花钱时，我总是会体验到各种糟糕的服务和商品，为此浪费更多的钱，而当我以内在的享受与喜悦为目标去选择花钱时，我总能把钱花出价值感（觉得花钱花得很值得）。这其实也是珍惜钱的一种表现。

第十六章

　　"尊重"钱，爱惜钱，让钱为我的
"好感觉"服务，而不是为自己的面子和
虚荣服务。

源于富足的节约

我和女朋友去吃饭的时候，两个人只点一个菜。这已经成了我们之间的一个习惯。

年前回家，我准备请全家人吃饭，这包括我的两个姐姐、两个姐夫以及小孩，总共加起来差不多有将近10个人。

按照我的预计，大约六七个菜比较适合而且足够。我点了7个菜和1个汤。我其中一个姐姐问我为什么这么小气。我说，这些菜够吃了，小孩子多，食量比较小，加上我比较饱，所以这是足够的。如果后面不够的话，我再加菜吧。

我姐姐说，这样太不好看了，看着很寒碜。我也没继续辩解，我说好的，要是不够会多加的，你放心，我可是你的亲弟弟呢。

我们一家人聊了一会儿天，我爸爸妈妈开玩笑说，我越来越精打细算了。

上菜了，我发现陆陆续续上了12个菜。后面这几个是我大姐姐偷偷加上去的，她说，一定要摆满桌子才像是出来吃饭的样子，这顿她买单。

我姐姐正好是我们吃饭的这家店的服务员，月薪2300元。前几天还在向我借钱要置办年货，这顿饭总共算起来有300多，我知道她会很有压力。

我们继续吃饭聊天，最后大家都吃饱了的时候，还有一半的菜没有吃完。等到大家准备走的时候，我提议打包回去，明天用自己家的锅热着吃。在我的鼓动之下，我们把剩下的菜打包了。

我准备去结账，因为大姐姐目前的家庭经济情况不是很好，让她付这笔钱不合适。当我到柜台的时候，服务员告诉我，姐姐已经付过钱了。

两天之后，得知大家都比较空闲，我再一次提议一起吃饭，大家欣然答应。

我们来到了同一家菜馆。告诉大家，我们这次不要浪费，我很爱你们，尤其是爸爸妈妈，从小把我带到大很不容易，很辛苦，姐姐和姐夫也很照顾我。我们这次9个人，6个菜就够了。如果我们吃12个菜，那么大部分的菜最后都会倒掉。

我继续补充道：如果我们一次点12个菜，那么我们只能吃一顿，但如果我们点6个菜，那么同样的花费我可以带大家吃两顿。这样妈妈就可以在家少做一顿饭了。我并不是为了省钱，而是，我想要爱惜钱，把它用于享受，而不是把它挥霍和浪费（这种感觉让我很不好）。

后来，几乎隔天就请大家聚餐一次，我知道过年期间，大家都在家里没什么事，我也很享受和家人以及姐姐姐夫相聚的时光。我们每次都很好地享受了食物并且很满足。

做减法

　　我约了一个一年未见的老朋友聊天，他顺便带了另外一个我也认识的朋友。

　　我们三个人，都很想念彼此。我们聊了很多过去的事情，在叙旧之余，我约的那个朋友，向我推荐了一个项目，并且告诉我说这是一个非常好的项目，他通过自己的亲身实践，在极短的时间内赚了将近100万元人民币。

　　他以为我会很心动，但实际上我并没有，我表达了对他的祝贺之后，便尝试着移开这个话题。他继续向我用更直白的语言邀请我加入。

　　虽然我对此没有兴趣，但碍于面子，我说你可以简单介绍一下，我可以考虑。

　　他叫另外一个朋友专门介绍了这个项目，大约5分钟时间，说完之后，问我有没有哪里没有搞明白。我说我都明白了，但我现在还需要考虑，谢谢你的推荐。

　　另一个朋友不依不饶地尝试着说服我：你主要的顾虑是什么呢？这真的没有任何风险。为什么不能尝试一下呢，你难道不信任我们么？

　　我用更直白的语言拒绝了他的推荐：你可以停止说服我，因为我不会投资你说的这个项目，但我很珍惜和你的友谊，我们是朋友。

　　他们俩都感到非常困惑和不解。我继续说道，我知道你们的好意，但我现在有我自己热爱的事情要做，即便是你们的项目能赚到的钱比现在我自己目前能赚到的钱多100倍，我也只能感谢你们的好意。因为我不想为了钱去改变我的方向，去做一件我并不感兴趣的事。我不为钱工作，只为自己的开心而工作，虽然我并没有你们那么有钱。我知道你们的项目很好，我也很信任你们，但我只想做一个简单的自己。

　　后来，我请他们共进晚餐，后面的聊天也变得不是很融洽，我们都很惊讶，一年未见，我们从之前无话不谈的朋友，变得有些陌生了。

半年之后，我的那个朋友确实混得很不错，据说赚了好几千万。他时不时地透露想和我合作的意向，每一次我都拒绝了他的好意。我内心很清楚，这是他的路；而我很明白我要什么。我要跟随的是自己的内心，而不是别人的步伐。我不想要让自己追着钱跑：什么赚钱就去做什么（事实上，这也是过去我失败的原因之一）。

我们时常通话联系，我也会经常发自内心地表达对他们的祝福。同时我也和他们分享自己取得的成就和生活的喜悦与乐趣。

一无所有

过年的时候，爸爸妈妈因为知道这段时间我在外面赚了一些钱，所以催我赶紧买车买房。当然这也是预料之中的事情。

在若干年前，靠自己的努力去买车买房是我的梦想，然而当我真正有这个能力之后，我却觉得完全没必要。因为在全世界旅行，经常更换城市，相比于住在一个固定的房子里，我更愿意去体验各种酒店和风格各异的民宿。

但我父母很难理解我的行为，一直在劝导我：村里都知道你赚了钱，但实际上什么都没看到，车子没有，房子没有，啥都没有。这样很容易被人笑话。

我也多次向我的爸爸妈妈解释：不是我不买，而是暂时真的不需要，村里有大房子，车你们也不会开，我现在还没有定居的城市。房子和车子，对我来说就是累赘。不仅无法为我提供开心和享受，而且会消耗我的能量：买车之后，不仅用不到，而且还需要处理停车、保险和保养的问题；买房之后，不仅我不会住，而且还需要考虑和处理装修和缴纳物业费的事情。

经历几次交流之后，我爸爸妈妈终于不再尝试着说服我做关于车和房的决定。

事实上他们并不能理解我的行为，当然我也并不打算试图去说服他们接纳我的想法，不管我们意见是否一致，我相信我们都彼此相爱着。

我非常清楚地知道，当我想要占有某个东西的时候，其实这个东西也在占有着我。这样只会对我的生活带来很多约束和烦恼，让我不能随心所欲地做自己。

在最近一年的时间里，我的生活变得越来越简单，我把不要的，或者带给我任何累赘的东西全都丢弃了。我删了很多"表面的朋友"之后，我总是能很好地享受独处以及和自己内心的交流；我唯一的"家当"也就是我旅行的行李：从一个大大的装满各种乱七八糟的东西的行李箱，变成了一个小小的行李箱，里面只有两件衣服和一台电脑。我对于"占有任何东西"没有任何兴趣。

当我不需要任何依靠的时候，我便获得了全然的自由。事实上，打车远远比自己买车开更加舒适和享受；住豪华的酒店远远比买一套豪宅更加地让我觉得惬意。

这是我父母理解不了的地方，他们会觉得我这样的消费观是挥霍和浪费。但我觉得，只有把钱花给了自己的好感觉，才有真正的意义。而为自己的"贪婪和占有欲"花钱，通常只会给自己带来更多的烦恼。钱是为我的享受和快乐而服务的。钱是工具，不是目标。

事实不断证明，当我选择不再占有，并且勇敢地信任未来，财富总是源源不断地来找我。

第十七章

　　无论发生什么，都要相信：这件事的
发生是最好的安排。

等　待

在乌鲁木齐的一个深夜，口渴，但酒店的饮用水喝完了，我带着身份证出门，到楼下便利店买了一瓶蓝色的果汁和奶啤（听说是当地特色）。

没有在外面逗留，买完立即回酒店，到大堂的时候突然意识到没有带房卡。

前台很繁忙，有很多人排队办理入住手续（可能是正在接待旅行团），我再三确认把房卡遗忘在房间里，不得不跟正在忙碌的前台请求通知服务员为我开门。然后我被告知到房间门口等待。

到房间门口的时候并没有服务员为我开门，我也没好意思再去麻烦正在忙碌的前台小姐，只好继续等着。

等了几分钟，并没有人来。我也并不期待，因为我并不急着进房间，在房间门口，享受着刚买来的可口的饮料并且一边打开手机阅读和欣赏我之前写的文章。

大约十分钟过后，依然没有服务员来，我干脆坐在了房间门口的地毯上，好好地静坐一番。后来来了一个穿西装的男人，问我怎么回事，我告诉他我在这等酒店的服务员为我开门，等了半小时没见人。

他表示了抱歉后，立马去前台取房卡，回来开门的时候解释道：这会儿特别忙，耽误了时间很抱歉。

我一边笑一边说，哈哈哈哈没事，谢谢你，你能来开门我就很开心了。

进入房间后，觉得一切都很完美，因为在门口等待的时间，我已经开开心心地享受了美味并且做了我想做的事情，对于我来说这已经是一小段很有意义的时光。

因为我记得这件事要是发生在两年前，我肯定会等得很不耐烦，然后拼命地催促服务员和前台，甚至会抱怨在这个酒店遇到的不公待遇，也许最后还会对他们的服务投诉或给差评。当然只能让我自己生一顿气，并不能给我带来任何好处。

不记得在什么时候，我已经习惯了"等待"，并且去享受"等待的时光"，这是生活中经常会遇到并且难以避免的事情，如果我只是什么都不做，一心期待和执着于快一点见到要见的人或者快一点办成要办的事，那么我将会在焦虑的等待中消耗自己的能量和精力，甚至带给我负面情绪。

我明白，每一个等待的间隙，都是一段美好的时光等着我去主动地享受和安排，我可以在这一小段时间里，去做自己开心的事，当然如果真的什么事都没有或者做不了的话，那么用来好好地独处（而不是发呆）也是一个不错的选择。

拒绝掉所有不和平的选择

由于我对工作的热爱，我大部分时候都能带着开心和喜悦的心情去和每一个人沟通和交流，并且从这些交流中，我不仅仅很少受到他们的负面情绪的影响，而且总是能轻而易举地把我的爱和喜悦传递给他们。

然而并不是每次都是这样的。

我也会经常遇到一些"油盐不进的人"，不管我如何说，他们始终不信任我，并且也对我的"开心和喜悦"感到不解：为什么总是对我笑呢？他要给我挖什么陷阱？（始终对我保持评判和距离），不管我说什么，总是尝试着去寻找反例去质疑我说的真的对吗？

我理解他们对于陌生人的不信任，所以一开始，我尝试着耐心地去解释清楚并且想向他们证明我说的内容是对的，希望说服他们相信我。

很显然，我尝到了失败的味道，我便开始总结，是不是我哪里解释得还不够透彻或者说没有足够的耐心。我花了很多的时间调整自己。

收到了微乎其微的效果，事实证明，我很难去说服那些不认同我的人。

其中极少数被我成功说动了的人，成了我的客户，但这并不是一件开心的事情，而是噩梦的开始，在后来的沟通中，依然充满很多的不信任、不理解和无法协调配合……甚至还容易引发矛盾，这极大地消耗了我的精力，并且让我感到心累和烦恼，甚至有时候会把这些不愉快带给身边其他人，从而影响我和其他客户的交流。

很快我意识到，我的初心是因为喜欢和热爱而从事我做的事情，而去艰难地说服一个不信任的人，这简直是折磨自己并且事倍功半。

我把我的时间只用来去帮助那些真正有缘的人，我停止去做任何费力的解释，我重新爱上了我从事的工作，让自己的生活越来越美好。我的客户也越来越喜欢我并且经常把我推荐给他们身边有同样需求的朋友。

　　拒绝不和平的选择这件事，让我深刻地明白，去说服一个不适合的人，不如把这个时间精力，用来吸引更多适合的人。

所有的安排都是完美的

这是我写的第三本书，但这是第一本在中国大陆出版的书。

在之前我已经写过两本，加起来有20多万字。之前的两本书，每当准备出版的时候，总是会遇到各种问题，导致最终放弃出版。

尤其是第一本书，是在我穷困潦倒的时候，花了一年的时间完成的一部"作品"，对于当时的我而言，这花费了我很多的心血。我把它当成是我的儿子一样看待，在完成写作之后，又花了半年的时间进行了30多次的文稿修改。

并且我把样稿和印出来的书稿送给了超过100位以上

的朋友试读，几乎所有人表示，对我"即将出版的书"赞不绝口，并且从中受益良多。

我带着十足的信心开始寻求出版社的支持，但所有的出版社一致表示因为我名气不够也不是什么大作家，所以我只能自费出版。但费用需要两三万之多。

那时的我口袋里也就两三百块钱，我想过很多办法，包括打电话给我爸爸以及试图向朋友借钱或者通过一些途径来众筹等，经过一阵折腾之后，我只能把这件事放一边。感觉自己很无力，花了一年半准备的书稿，感觉万事俱备，只欠东风。但后来，这阵东风一直也没有等来。

当我放下这件事之后，在一段时间之内，我依然是一个一无所有的失败者，我经历了很多的挫折和困难，总感觉不管我如何努力，我人生的路却越走越窄。

而后，通过一些偶然的契机，经历一些事情之后，我的思想有很大的转变，就在我的人生开始有一些起色的时候，我开始写作我的第二本书，这本书5万字左右，大约花了3个月完成，完稿之后，同样赠送给超过100位以上的朋友试读，经过一番修改之后，我觉得已经很完美了。当我准备出版的时候，同样遇到了各式各样的问题（因为这本书是我和别人合著，在这期间存在很多分歧）。

后来当我有足够的钱和条件去出版的时候，回头再去看我过去写的两本超过20多万字的书稿的内容的时候，我会觉得很庆幸当时的书没有出版。因为凭借现在的思想高度来说，我已经不再认可之前的那些内容，或者觉得书中有很大的瑕疵，比如说第一本书，因为当时特别渴望成功，所以书中的内容稍微带有一些激进的"成功学毒鸡汤"，而第二本书是一本心灵探索的书，但那时的我其实对生活的某些地方也有些迷茫。

再后来，我已经活出来全然的富足和自由，实现了财富自由、情感自由和时间自由，我去了全世界许多国家旅行。但我内心想要出版一本自己的书的想法并没有破灭。

而这个想法一直在我的脑海里停留了两年，但我一直都没有行动，总觉得时机未到。我会经常写一些文章来记录我的成长的历程之中的一些心路历程。起初这些文章仅仅是写给自己看的，并不是写给别人看，也并没有打算出版。每次当我读到自己文章的时候，总是带给我自己一种被治愈的正能量。

　　当我看到我的电脑里已经有几十篇文章的时候，我的直觉突然告诉我，我不需要像之前一样刻意地去写一本书了，因为这本书的书稿已经水到渠成，在我的电脑里了。

　　这件事同时还给我另外一个感触，当一件事总是很困难很费力的时候，这表示目前这件事可能并不是我的最佳利益，如果是我的最佳利益的话，它也许会轻而易举毫不费力地来到我的生活中。

后记
梦的结束，就是现实的开启

　　我走过那一条熟悉的街道，来到一个小区门口的粥铺，这时已经是晚上12点。马路很冷清，但店铺还没有打烊。我点了一小碗皮蛋粥静静地坐了下来。

　　记忆如风一般拂面而来。

　　几年前的我，那时候租住在这个小区，经常会在睡前到门口来喝粥。那时我刚辍学，孤身一人，身无分文，很巧合地来到这座陌生的城市……

　　我静静地喝着皮蛋粥，过去的画面就像是一场逼真的电影，电影里的主角，是"另一个我"，故事里的"我"，内心经历了跌宕起伏，而故事外的我像是一个内心平和的旁观者。

在这场逼真的"电影"里，失去依靠的主角，宛若一个掉进水里不会游泳的人。在命运的波涛中拼命地挣扎，接着，慢慢地彻底被水淹没。即便如此，被各种"毒鸡汤"洗礼过的主人公，并没有放弃继续在水里挣扎，直到自己完全没有力气。

我这样说，你可能以为我要描述一个励志故事，当然你想怎么理解都可以。当我接纳了过去的一切的时候，发现这仅仅是一场有趣而逼真的梦境。

这个游戏并没有因为"没有力气去抗争"而结束。相反这是一个新的开始：电影里的主角以为自己会被水淹死，但一觉醒来发现自己仅仅是做了一个梦而已。梦的结束，就是现实的开始。

粥喝完，沿着街道散步回酒店。